かすがい食堂
夢のゆくさき

第一話　少女とつなぎとハンバーグ　7

第二話　はじけるにんじん　59

第三話　食卓推理「黄泉《よみ》　119

第四話　夢のゆくさき、　150

解説　深沢潮　236

contents

小学館文庫

かすがい食堂

夢のゆくさき

伽古屋圭市

小学館

かすがい食堂

夢のゆくさき

第一話　少女とつなぎとハンバーグ

握った手は、お母さんよりごつごつとして、力強い。

年老いた手。駄菓子屋を営むおばあちゃんの手。料理が上手な手。

左上を見上げるようにしてわたしは尋ねる。

「ねえ、おばあちゃんはどうしてそんなに料理が上手なの」

「そりゃ、毎日毎日やってるからだろうね。嫌でも上手になるよ」

「じゃあ、最初は下手だったの」

うーん、と祖母の朝日《あさひ》は唸《うな》る。

「難しい質問だね。小さなときから母さんの手伝いをして、自然と料理に慣れ親しんでいたから。下手だった記憶はないかもしれない。もちろん最初は手際が悪かったし、未熟ではあったけどね」

半分くらいよくわからなかったけれど、やっぱり祖母はすごいんだなとわたしは思った。

「わたしも、大きくなったら料理上手になれるのかな」

「そりゃ楓子《ふうこ》次第だよ。なろうと思えばなれるし、なろうと思わなければなれない。どこかの誰かさんみたいにね」

「そっかー」

どこかの誰かさんとはわたしの母親、つまり祖母にとっては娘のことだろうと子どもも心に察していた。


目が覚めて何時間も経《た》ってから、ふとしたきっかけで今朝見ていた夢を思い出すことがある。同じようにふとしたきっかけで、過去の記憶を思い出すことがある。

祖母の朝日とともに何度となく通った商店街。

いまわたしは手を繋《つな》がれるのではなく、子どもの手を繋いで商店街を歩いている。

目の前に小学二年生くらいの女の子と祖母のふたり連れが手を繋ぎながら話していて、ふいに長らく思い出しもしなかった記憶が刺激されたのだった。

そのとき祖母に手を繋がれていたわたしは、料理上手になりたいと願ったのか、べつにいいやと思ったのだったか……。

二十年近くが経って、多くの店が入れ替わっただろうし、業態を変えたかもしれない。店はそのままに代替わりしているケースもあるだろうか。時とともに人はうつろい、街はうつろい、店もうつろう。けれど「商店街」という場の雰囲気は昔もいまも、ほとんど変わらない。

楓子さん、とふいに呼びかけられる。並んで歩いている子だ。

「今日は、なにを、買いますか」

繋いだ手を前後に揺らしながら答える。

「えっとねー、今日の主役はアスパラガスとキャベツ。ほかにもいくつかの野菜を買って、あとはメンチカツも買おっかなと思ってる」

今日のメインは旬の野菜を使ったオムレツの予定だった。

「アスパラガス、いいです。好きです」

「だよね。ベトナムでもアスパラガス食べるんだよね」

「はい。ベトナムでもアスパラガス、食べます」

彼女の名はティエン。小学五年生の女の子だ。ちょうど二年前の四月にベトナムから日本にやってきた。

わたしは祖母の駄菓子屋を継ぎ、その店を使って子ども食堂をやっている。みんなで買い物をして、料理をする、一風変わったその名も『かすがい食堂』だ。ティエンもメンバーのひとりであり、今年の年明けから参加するようになった最も新しい仲間だった。

勉強も言葉もまるで支援の得られない状況に放置されていたが、今年からボランティアの日本語教室に通えるようになり、かすがい食堂の仲間とも打ち解け、みるみる日本語が上手になってきている。気兼ねなく普通にしゃべっても、リスニングはほぼ問題ないレベルだ。環境さえ整えば、やはり子どもの吸収力はすごい。

手は繋がず、物静かに歩くもうひとりの仲間に声をかける。

「翔琉《かける》もアスパラガス好きだったよね」

え？　と意外そうな顔で見つめてくる。

「どちらかといえば、嫌い、かな。食感も、味も、あまり好みじゃない」

「あれ、そうだっけ。抜く？」

「いや、べつに、食べたくないほどじゃないから。大丈夫」

「そっかー。翔琉はアスパラガス苦手だったかー」

「苦手じゃない。どちらかといえば好きじゃない、ってだけ」

「了解」

微妙な差異だが、言いたいことはわかる。しかしそれよりなにより、彼が食べ物の好き嫌いを口にすることがわたしは嬉《うれ》しかった。

彼の名は関《せき》翔琉、小学六年生になったばかりだ。約二年前、わたしがかすがい食堂をはじめるきっかけとなった少年である。好き嫌いがないのはいいことだったが、同時に食に対する興味がまるでない少年でもあった。彼もまた、少しずつ変わってきている。

幼き日の自分がどう願ったかはまるで思い出せないけれど、いずれにせよ四半世紀ものあいだ料理とは無縁の生活をわたしは送っていた。にもかかわらず子ども食堂をはじめることになり、それももう三年目。最初はひどかったわたしの料理の腕も、いっぱしと呼べる程度にはなった、はずだ。

祖母の言葉どおり、料理は経験だとつくづく思う。

まずは精肉店に向かう。メンチカツは場合によっては変更も考えていたけれど、ちょうど揚げたてがあったので予定どおり購入した。

いつもありがとねー、と言いながら店のおばちゃんが笑顔でメンチカツを包んでくれる。かすがい食堂をはじめてから商店街にある個人商店も利用するようになり、彼女ともこの二年ですっかり顔なじみになった。

仙台生まれで三十年前に嫁いできて息子がふたり。別の会社なのだが、ふたりともなぜか大阪と宮崎という遠方の支社に勤務することになってなかなか会えないと嘆いている。そんなとくに知りたくもない個人情報が勝手に流れてくるゆるゆる感も下町の商店街のいいところだ。いいところか？

「そうそう、楓子ちゃん知ってる？」おばちゃんは招き猫のように右手を動かした。

「さっき、あなたの前に高校生の女の子いたでしょ」

たしかに制服を着た女の子が買い物をしていた。

「ああ、はい。いましたね」

左手を見やる。エコバッグを持って、いまは三軒隣の青果店でキャベツを吟味していた。

「彼女、高校生がこういう個人商店で買い物をしているのは少し珍しいかもしれない。

「彼女、家の料理を全部つくってるんだって。それも毎日。いまどき珍しい、感心な子よねー」

「へえ、そうなんですか。それは立派ですね」

無難な言葉を返しながら、心のうちはざわざわと揺れる。それははたして「感心な子」で済ませていいことなのか。

もういちど左手を見やる。彼女の姿はすでになく、商店街の人通りのなかにも見つけることはできなかった。


『駄菓子屋かすがい』は文字どおりどこからどう見てもただの駄菓子屋である。

しかしこの店には秘密があり、隠された地下室――はないけれど、のれんで目隠しされた店の奥には土間の厨房《ちゆうぼう》と四畳半の座敷がある。かつて駄菓子屋で食事を提供していたころの名残だ。子どもたちに食事を振る舞うかすがい食堂は、この場所を利用していた。

買い物を終えると、みんなで料理をする。今年初めに八十二歳になった祖母は引退したいまも矍鑠《かくしやく》としていて、先頭に立って料理を仕切ってくれる頼もしい存在だ。

食事が完成すると全員が食卓に着き、揃《そろ》って唱和。

「いただきます！」

まずは春野菜をたっぷり使ったオムレツをいただく。

野菜の甘みとちょっぴりの苦みを卵がふうわりと包み込み、優しさのある味わいだ。卵だけのオムレツにはない歯ごたえも嬉しく、味に深みを与えていた。いくつもの食材が渾然《こんぜん》となって、口のなかを春が駆け抜けていく。

ひととおり本日のおかずを堪能し、食卓の会話が途切れたのを見計らい、わたしは話題を提供する。

「さっき商店街で、ある高校生の噂《うわさ》を聞いたんだけどさ」先ほど精肉店のおばちゃんに聞いた話と、目撃した彼女のことを話した。「もしかして彼女って、ヤングケアラーじゃないのかな」

すぐさま祖母が反応する。

「近ごろよく耳にするあれだね。正確にはどういうものなんだい」

「えっと、わたしも詳しいわけじゃないけど、家族の介護や世話を担わされている子ども、ってことだと思う。介護だけじゃなくて、親の代わりに家事や育児をやって、自分の時間が取れなかったり、勉強がおろそかになったり」

「うん、そうだよね。本当に急によく言われるようになった感じがするよ」

「昔からそういう子どもはたくさんいたけど、可視化されていなかったんだと思う」

「いやいや、昔は子どもが家の手伝いをするのなんて当たり前だったんだ。幼子を負ぶって畑仕事や炊事を手伝ったり、冬でも冷たい水で洗濯させられたりしたもんだよ。あたしもヤングケアラーさ」

祖母が冗談交じりに言ったとき、ふいにティエンがつぶやいた。

「おしん」

全員が驚いてティエンを見やり、代表するようにわたしが尋ねる。

「『おしん』知ってるの？」

「はい。ベトナムでも、有名です。ベトナム語にもなっています。お手伝いさん、や、大変な労働している人、意味です」

祖母がくくっと笑った。

「さすがに『おしん』ほどひどくはないし、古くもないけどね」

とにかく、とわたしは話を戻した。

「いまは許されないことだし、美徳のように語っちゃいけないと思うんだ」

「でも、いまだって子どもが家の手伝いをすることはいくらだってあるだろ」

「まあ、そうだけどさ。程度問題だよ。学校の勉強とか、友達付き合いとか、当たり前の学生生活を送れないのだとしたら、やっぱり問題だし」

「あたしはヤングケアラーちゃうけど——」

と井上亜香音《いのうえあかね》が話に加わる。家庭の貧困によってまともな食事ができておらず、昨年の二月から通うようになった中学二年生の女の子だ。

現在かすがい食堂を利用している子どもは、翔琉、亜香音、ティエンの三人で、たいてい毎回揃っていた。

「同じく当たり前の学生生活は送れてへんかも。ヤングケアラーかて、けっきょくお金の問題ではあるんよね。お金があったら介護も家事もアウトソーシングできるわけやし」

亜香音らしい意見に、たしかにね、と笑う。

「なんだか話があちこちに行ってるけど――」今度は祖母が話を本筋に戻す。「その彼女がヤングケアラーだと決まったわけじゃないだろ。自ら進んでやってるかもしれない」

「わかってる。でもさ、もし彼女がそうなら、うちが助けになれると思わない？」

「かすがい食堂が、かい？」

「うん。だって食事をつくる手間が省けるでしょ」

「いや、その理屈はおかしい」亜香音が突っ込む。「ここはみんなでいっしょに買いもんして、料理するやん。せやからべつに手間は省けへん。むしろよけいに時間かかるんちゃう？」

たしかに、といった様子で祖母も翔琉もこくこくとうなずいていた。わたしはしばし考えた末、口を開く。

「たしかに」

それ以外に返す言葉がない。献立を考える手間は省けるよね、という反論は思いついたがさすがに小さすぎる。

そんなわたしに代わって翔琉が提案した。

「たとえば、その人たちだけ買い物と料理をしなくてもいいようにするとか」

「いやぁ、さすがにそれは相手も気を遣うんじゃない？」

そうだね、と祖母も賛同した。「最初はみんなが納得していても、そういった特別扱いはあとあと面倒なことになりかねないよ。だから原則はなるべく曲げないほうがいい。頑《かたく》なになる必要はないし、場合によりけりだとは思うけど」

翔琉は納得した様子でうなずいていた。

いまも無口でおとなしい少年である印象は変わらないけれど、以前と比べて、とくに今年に入ってから自ら発言することが着実に増えていた。彼自身の成長に加えて、ティエンという一コ下の、いわば妹のような存在ができたのが大きいのではないかと思っている。

「でもさ――」わたしは思いを吐露する。「たとえ時間短縮にはならなくとも、寄り添える存在にはなれると思うんだ。困ったことがあったとき、相談に乗れる存在っていうのかな」

わたしが熱心になるのには理由があった。たまたま先日、ヤングケアラーに関する報道ドキュメンタリーを見たのである。その番組でもヤングケアラーの子どもが気軽に話や相談ができるよう、いかに繋がりをつくれるかが大事だと、繰り返し訴えていた。

けれど意気込むわたしを、祖母は訝《いぶか》しげな目でじっと見つめていた。わたしは首をかしげる。

「変なこと、言ってるかな。あ、もちろん決めつけることはしないし、まずは本人から話を聞いて、彼女が望むならって考えてるよ」

「いや、べつに変だとは思わないよ。ただ、楓子ってそんなに前のめりだったかと思ったんだよ。お節介と言ったほうがわかりやすいかね」

「楓子姉さんは昔からそうやったよ」亜香音がお茶碗《ちゃわん》といっしょに肩を揺らす。「ほっといてくれって何回も言うてるのに、ぐいぐい絡んできて」

「そんなこともあったねー」

わたしは苦笑する。あのときは自分なりに使命感に燃えていたのだ。実際のところ勝手な思い込みで空回りをしていたわけだけれど、おかげで亜香音が抱える本当の問題に気づくことができた。いまここで楽しく食事ができているように、結果として彼女の力にはなれたはずだ。

　そうだったね、と祖母も乾いた笑いを漏らした。

「ただ、くれぐれも相手さんの事情をちゃんと汲《く》むんだよ」

「わかってるって」

　わたしは右手で握りこぶしをつくってみせた。

＊

　例の女子高校生に再会するまで半月以上の時間を要した。

　わたし自身、毎日商店街に行くわけではない。週二回のかすがい食堂を含めて、週の半分行くかどうかだろうか。相手の彼女も毎日来るとはかぎらないし、時間帯が違えばやっぱり会えない。あいだにゴールデンウィークを挟んだせいもあったかもしれない。

　ようやく彼女の姿を商店街で見かけたとき、恋い焦がれすぎて幻影を見ているのでは、と我が目を疑ったくらいだ。ちょっと大げさだけれども。

彼女は青果店で買い物をしていた。

制服はこのあたりでよく見かける公立高校のものだ。何年生かはわからないし、飛び抜けて目立つほどではないけれど、女子としては身長が高い。うしろ髪は襟足が隠れる程度のショートカットで、スポーツ少女、といった印象を受ける。

彼女が買い物を終えるのを待ち、歩きはじめたところでさりげなく横に並んだ。

「こんにちは。あの、怪しまないでほしいんだけど、わたし、近くにある『駄菓子屋かすがい』で働いている春日井《かすがい》楓子っていいます」

彼女はなにも答えなかった。ただただ不審げな顔をしている。まあ、そうなるよね。とはいえ全力で拒絶するふうではなかったので、歩調を合わせながらつづける。

「えっとね、商店街の人にあなたのことを聞いたの。家の食事を毎日つくってるって。それでもしかしたらヤングケアラーじゃないかと心配になって、それで声をかけたんだけど」

そこで彼女は立ち止まり、初めて口を開いた。はきはきと、しっかりとした口調だった。

「あの、そういう活動をされてるんですか。ＮＰＯとか」

「ううん。わたしがやってるのは子ども食堂。だけど、もしかしたらあなたの力になれるかもしれないって考えて」

そこで彼女は小さく笑った。とたんにかわいらしくなる。

「駄菓子屋かすがい、何度か行ったことあります」

「ほんとに⁉」

「はい。だから、えっと、お名前なんでしたっけ」

「春日井楓子。楓子でいいよ」

「ありがとうございます。楓子さんのことも見覚えがあります。若い駄菓子屋のおばちゃんも珍しかったし。あっ、おばちゃんって歳《とし》じゃないですよね。ごめんなさい」

だから彼女は不審そうにしつつも拒絶はしなかったのか。

「いいのいいの。あなたからすれば充分おばちゃんだし、すっかり言われ慣れてるし」

「子ども食堂の件は知らなかったですけど、だから楓子さんの言ってることは本当なんだと信用します。でも、大丈夫です。わたしはそういうのは必要ありませんので」

「そっか……」少し残念に思い、いやいやむしろ喜ばしいことじゃないかと思い直す。

「ヤングケアラーってわけじゃなかったんだね。ごめんね、早合点して」

「いえ、世間的にはヤングケアラーだと思いますよ」

「えっと……」言葉が一瞬頭に入ってこなくて、中途半端な間が空く。「ヤングケアラー、ではあるんだ」

　中身のまるでない返答だ。

「あの、あんまり立ち話をしている余裕はないんです。まだスーパーで買いたいものもあるし」

「あ、ごめんね。でも、もしよかったら話を聞かせてもらってもいいかな。もちろん買い物をつづけながらでいいし、邪魔はしないから」

　はあ……、と彼女の顔が初めて曇る。

「まあ、べつに、いいですけど」

　その後、実際に彼女の買い物に付き合いながら話を聞いた。

　半年ほど前に母親が大きな怪我《けが》をして、寝たきりとまではいかないまでも、障害が残って仕事や家事が困難になったこと。昔から父親はいないこと。中学生の弟がいるが、母親の世話や家事は自分がすべておこなっていることを簡潔に語った。

　話を聞くかぎり、そして本人も認めているとおり確実にヤングケアラーと呼べる状況である。

「大変じゃないの？　支援とかは受けてるの？」

「主に金銭的な支援は受けてます。おかげでなんとかなってます。大変は大変ですけど」

「ねえ、いちどうちに食べにこない？　うちはちょっと変わった子ども食堂で――」

スーパーのレジにいっしょに並びながら、かすがい食堂のことを大まかに説明する。おこなわれるのは火曜と金曜の週二回の夕刻で、料金はひとり二百円。みんなで買い物をして、料理をするなどの方針も伝えた。

「だからそれなりに時間は取られるし、食べて帰るだけ、というわけにはいかない。でもその代わりいろんな繋がりができるし、困ったときは相談もできるし。どうかな、試していちど」

セルフレジで手際よく機械にバーコードを読み込ませながら、取りつく島もない調子で彼女は言う。

「いえ、けっこうです」

「え？　どうして？」

動揺して、恥ずかしいほど間の抜けた問いかけになった。

「どうしてって、べつに必要性を感じないからです。大変は大変ですけど、他人に助けを求めたいほどじゃないですし、世の中にはもっと大変な人なんていくらでもいると思いますし」

「えっと、じゃあわたしが力になれることはないってこと、かな」

「そうですね。あ、金銭的な支援ならもちろんありがたいですよ。それもべつに、是が非でもってわけじゃないですが」

会計を終えた彼女は早足で出口に向かい、どうすればいいのかわからないままあとを追う。ずっと付きまとうわけにもいかず、店の自動ドアを抜けたところでようやく「今日はありがとう。ごめんなさいね」と早口で告げた。声はわずかに震えていた。

彼女は「いえ」と小さく答え、気持ち首を縦に揺らし、煩わしいものを振り払うようにさらに早足で去っていった。

駐輪場にひとり佇《たたず》み、滑稽さを噛《か》みしめる。恥ずかしさと、認めたくはないけれど、たしかに自分のなかには悔しさと腹立たしさがあった。

すみません、と声をかけられる。自転車に乗った青年だった。自分が通行の妨《さまた》げになっていることに気づき、あやまりながら慌てて端によける。悪いのは全面的にこちら側なのに、自転車の彼はありがとうございますと爽《さわ》やかに言って、その好青年ぶりによけいに自分が惨めになった。

そういえば彼女の名前すら聞けなかったなと、いまさらながら気づく。

＊

五月も下旬になると、ときおり夏を先取りしたような暑さが訪れたりする。

彼女に再び出会ったのは、雨こそ降らなかったものの日中はずっと曇り空で、けれど気温だけはやたらと高い蒸し暑い日のことだった。

あれから一週間と少しがすぎていた。場所は同じく商店街で、かすがい食堂の日ではなく、今回もわたしひとりである。

もういちど、彼女とは話がしたいと願っていた。

前回、彼女に会って話をして、けんもほろろに断られたことは、祖母をはじめ誰にも言っていなかった。どうするべきかをひとりで考え、紡いだ結論が「もういちどちゃんと話がしたい」だった。伝えたいことを、気持ちを、まるで伝えられなかった気がしたからだ。

少し迷った、というか弱気の虫が疼《うず》いたけれど、青果店での買い物を終えたところを見計らい「こんにちは」と声をかける。

声で察したのか、彼女は困惑した表情で振り返った。最低限の愛想といった笑みを浮かべ、首だけで会釈する。

早くも挫《くじ》けそうになるけれど、これくらいの反応は想定の範囲内だ。

「ごめんね、何度も。もういちどだけ話を聞いてほしくて」

店の脇の、邪魔にならない場所に移動し、すぐに本題に入った。

「あれから何度も考えたの。でもやっぱり、あなたにいちど、かすがい食堂に来てほしいと思って」

あからさまではなかったけれど、彼女は鼻だけで軽くため息をついた。

「繰り返しになりますけど、わたしはその必要性を感じてないんです。それに、かすがい食堂のやり方だとあんまり、いえ、ぜんぜんメリットを感じられないんですよね。買い物や料理の時間は変わらず取られるわけですし。それに母はほとんど家から出られませんので、行くとしてもわたしと弟だけになってしまいます。それはやっぱり、母に対して申し訳ないですし」

彼女の告げた理由は、わたしも充分に咀嚼《そしやく》した事柄だ。かすがい食堂は原則として子どもに限定しているので、母親の状況にかかわらず参加は難しいのだが、あえていま説明する必要はないだろう。

「わかってる。でもさ、それでもやっぱりあなたに会ってほしい人がいる。会って、話をしてほしいんだよね。うちにはいろんな子どもたちが来てる。あるいは、かつて来ていた。親からまともな食事を与えられていなかった子、貧困で食事ができなかった子、摂食障害に陥った子、日本にうまく馴染《なじ》めなかった子。なかには、最初はわたしたちを拒絶していた子もいる。でも結果としては力になれたと自負しているし、いまでは感謝してくれている」

わたしがなにより懸念したのは、彼女が頑なに支援を、とくに精神的な支援を拒絶する姿勢だった。

自分は、あるいは自分の家族は、他人の力を借りなくてもやっていけるという自信があるのだろう。でも、その自信に危うさを感じてしまう。気負いすぎて、ぽきりと折れてしまうのではないかと不安になる。

彼女に向け、この日のために練った口説き文句を連ねた。

「それからお母さんの件だけれど、食事をタッパーに入れて持ち帰るのはどうかな。いっしょに食べられないのは残念だけれど、まずはお母さんの意見を聞いてみてほしい。子どもだけが参加してズルい、なんて言う親はあんまりいないと思うんだ。

それに、かすがい食堂に参加すると料理の腕がきっと上がるよ。わたしはともかく、祖母はほんとに料理上手で、レパートリーが増えるはず。料理がうまくなれば時短にも繋がるし、安く上げることもできる。それは必ず今後の役に立つよね」

頑なだった彼女の表情にわずかな変化があらわれた。検討をはじめたような、考えを巡らせはじめたような。堅牢《けんろう》だったダムに、ひびが入っている！

決壊は近いとたしかな手応えを感じながら締めに入る。

「もちろん、強制するつもりはない。でも一回覗《のぞ》いてみてもいいんじゃないかな。それでやっぱり肌に合わない、自分には必要ないと思えば、そのときはしょうがない。わたしもすっぱり手を引くから。前向きに考えてみてくれないかな」

彼女の反応を見守る。考え込むように下をじっと見つめていた彼女は、くすっ、と笑った。

「熱心、なんですね。それだけ自分のやっている活動に自信があるってことですか」

「どうだろう。自信があるかどうかはわからないけど、やりがいは感じてる」

「どうして、わたしなんですか。これも繰り返しですけど、ほかにもっと、子ども食堂を必要としている人はいると思いますよ」

「うん、だと思う。でも、たまたまあなたのことを耳にしたから。わたしの手が届くのは、けっきょく自分の周囲一メートルほどなんだよね。その代わり、たまたまそこに入ってきた人の力にはなりたい。それだけだよ」

　もういちど、先ほどより自然に、彼女は微笑《ほほえ》んでくれた。

「わかりました。いちど、参加させていただきます。たぶん弟といっしょに」

「ほんとに？　ありがとう！」

「これ以上付きまとわれないためには、それがいちばん手っ取り早そうですし」

　笑顔で告げられたその言葉が軽い冗談なのか、それとも嫌み含みの本心なのかはわからなかったが、とにかくこれで一歩前進だ。

「あ、名前、教えてもらってもいいかな」

「ああ、そうでした。まだ言ってなかったですよね」

　宮原三千香《みやはらみちか》、それが彼女の名前だった。

＊

　かすがい食堂には宮原三千香と、弟の璃久《りく》のふたりでやってきた。

　三千香は高校二年生、璃久は中学一年生であるようで、姉以上に背が高かった。一六五センチを超えているであろう三千香をすでに抜いている。さらにほどよく筋肉質で、いかにもスポーツマンの体つきだった。

「璃久くんは、なにかスポーツやってるの？」

「はい。小学生のころから、バスケを」

一音一音を丁寧に発声する穏やかな口調で彼は言った。つぶらな瞳もかわいらしく、心優しい少年という印象を受ける。

「璃久はすごいんですよ」彼の腕を摑《つか》み、瞳を輝かせながら三千香は言う。「いずれはウインターカップ出場、いえ、プロや日本代表だって夢じゃないと思ってるんです」

心の底から信じているとわかる表情と口調だった。わたしと話していたときの彼女とは別人かと戸惑うほどのデレっぷりで、仲のいい姉弟《きょうだい》なのだなと微笑ましく思う。こういうのは親バカならぬ姉バカと呼ぶのだろうか。

さすがにNBAは無理かもですけど……、とつぶやく三千香のかたわらで苦笑する璃久の姿も微笑ましい。

「ほんとおっきいよねー」上村夏蓮《うえむらかれん》が手で庇《ひさし》をつくって璃久と背の高さを比べていた。

「中一とは思えない」

すでに卒業したが、かつてかすがい食堂に通っていた子で、現在高校三年生。元子役で、いまは声優を目指して養成所に通う少女だ。

三千香と同じ高校生で、ひとつ違いということで、今回助《すけ》っ人《と》として呼んだのである。元芸能人らしく明るく、社交性に富んでいる彼女なら、三千香のふところにもすっと入ってくれるのではないかと目論《もくろ》んでいた。

「三千香さんも背高いよね。なにかスポーツやってるの？」

挨拶もそこそこに、ぐいぐい距離を詰めていく。計画どおり、と密《ひそ》かにわたしはほくそ笑む。

「わたしは、普通ですよ。わたしも——」ほんの一瞬、ためらいの間があった。「バスケをやってましたけど、いまはやってないです。残念ながら才能なかったし、それほどのめり込めなかったですし」

後半はわずかに早口に、饒舌《じょうぜつ》になったところに複雑な心境が垣間見《かいまみ》える。

今日もフルメンバー、翔琉、亜香音、ティエンが揃っている。ここにわたしと祖母、助っ人の夏蓮、ゲストの三千香と璃久が加わって、総勢八人。かすがい食堂史上、最多の人数だ。

ひととおり簡単な紹介と挨拶を終えて、さっそく買い物に向かった。今回もふだんどおり、わたしを含めて三人で行く。夏蓮と三千香とだ。

璃久は居残り組に入って交流を深めてもらうことにした。祖母と、同じ中学生の亜香音にまかせておけば大丈夫だろう。「人見知り」という言葉が辞書にないほど、亜香音もまた初対面でも気兼ねをしないタイプである。

買い物の道中の会話は、ほぼ夏蓮にまかせた。自分が出しゃばるより、高校生同士で親交を深めたほうがいいと考えたのだ。

夏蓮はかつて摂食障害になったこと、かすがい食堂によって救われたことを語ってくれた。わたしに対する感謝も告げていて、横で聞いているのは気恥ずかしいものがあったのだけれど、これも事前に彼女と話し合って決めていたことだ。

もちろん騙《だま》すようなことはしたくなかったので、率直に、自分の思いだけを言ってくれたらいいと夏蓮には伝えていたし、いまは卒業してたまにしか顔を見せないことも告げてもらった。

子役をしていたこと、声優になるための養成所に通っていることも語り、これには三千香もかなり興味を引かれたようだった。前のめりで質問をしている。

「やっぱり有名な声優さんにも会えたりするんですか」

「たまーにね。特別講師みたいな感じで来てくれたりするし」

「これまでに会った、いちばん有名な人って誰ですか」

「それって養成所で？　それとも子役時代？」

「えっと、両方」

「よくばりさんだねー。そうだなー、養成所だと――」

やっぱりそこに興味を持つんだな、とおもしろかったたし、高校生らしい三千香を見られたことも嬉しかった。この作戦は成功だったたと自信を深める。


買い物を終えてかすがいに戻り、先行して料理をしてもらっていた居残り組と合流する。なにしろ今日は人数が多いので、段取りよく、うまく分担しないといけない。

本日のメイン料理は煮込みハンバーグだ。

ハンバーグのつなぎには、パン粉や卵などを使うが、今回は少し変わり種で「お麩《ふ》」を使うことにした。つなぎに使える食材は意外といろいろあって、軽く調べてみただけでも、ごはん、片栗粉《かたくりこ》、高野豆腐、おからなどが出てきた。つなぎ以外は普通のつくり方で、ただしいつもより小振りにしておく。

ソースはケチャップと中濃ソースをベースに、具材としては玉ねぎとしめじを加える。こちらも無難に定番のレシピだ。

三千香はさすが、毎日料理をしているのがわかる手際だった。普通のハンバーグはともかく煮込みは初めてだったようだが、簡単にレシピを伝えるだけで問題なく進めてくれる。今回は人数が多く、スペースがかぎられていることもあり、半数はすることもない状態だった。ありがたく今日は楽をさせてもらう。

ソースで煮込んだハンバーグとともに、そのほかの副菜も無事に完成。料理を座敷のテーブルに運ぶ。

四畳半の座敷に八人だから、かつてない人口密度だ。テーブルの上が皿や小鉢などでごった返し、窮屈感は否めなかった。けれどみんなで身を寄せ合っている感じで、これはこれで悪くない。

全員が席に着いたところで、手を合わせる。

「いただきます!」

小振りで丸々とした煮込みハンバーグをさっそく箸で切り、口に運ぶ。すぐさまソースの芳醇《ほうじゅん》な香りに満たされて、んんぅ〜、と声が漏れた。

肉を嚙みしめる。煮込まれたソースの濃厚な風味が染み込み、焼きハンバーグにはない複雑な味わいを堪能できる。ふかふか、ほかほか、という形容詞がぴったりの食感も煮込みハンバーグならではで、このうえない幸せを運んできてくれる。

ただ、つなぎを変えた効果はよくわからなかった。念のためみんなに聞いてみる。

「今回、ハンバーグのつなぎをお麩にしてみたけど、違いがわかる人いる？」

子どもたちは顔を見合わせ、まずは亜香音が遠慮なく言う。

「べつにおんなじちゃう」

「煮込みだしね」と夏蓮が賛同しつつフォロー。「ソースの味が染み込むから、ハンバーグ本来の味はわかりにくくなるかも」

「いや、普通のハンバーグでもそんな違いはないんちゃう。知らんけど」

亜香音の言葉に翔琉はこくこくとうなずき〝なにも変わらない派〟に加わった。

効果のほどはさておき、今回「つなぎ」にこだわったのには意味がある。ここでようやくネタばらしというか、今回の料理のテーマを発表。

「今日、ハンバーグにしたのは『つなぎ』が大事な料理だからなんだよね。つなぎ、繋がり、つまり絆《きずな》。名づけて《絆を感じる煮込みハンバーグ》！」

子どもたちは、どう反応すればよいのやら、という感じだったが織り込み済みだ。

「まあ、つなぎを変えてみた効果は微妙だったけど、ハンバーグにつなぎが必要なように、料理や食事でも大事だと思うんだ。こうやってみんなで食卓を囲むことで得られるものがたくさんあるし、絆を感じられることはすごく大切じゃないかなって」

もちろん宮原姉弟に向けた言葉で、ふたりをそっと見やる。

弟の璃久は話を聞いて軽くうなずいてくれていたが、姉の三千香はことさら無反応を装っているふうで、淡々と食事をつづけていた。

夏蓮が楽しげに質問してくる。

「煮込みにしたのはどうしてですか」

「いや、普通のハンバーグって単品の感じが強いじゃない。煮込みだと一体感があって、よりテーマに沿うかなって。若干こじつけだけど」

「ああ、わかりますよ。たしかにこじつけっぽいですけど」

夏蓮の言葉で場が和み、これを機に話題を変える。わたしだってこういう話は気恥ずかしいのだ。

「ところで養成所はどうなの。えっと、いつから通ってたんだっけ」

「夏が終われば一年ですね。そのときはたぶん、事務所オーディションを受けることになると思います」

「なにそれ？」

「養成所を運営している事務所に所属するためのオーディションです。受かれば、晴れてプロの声優ってことになりますね」

「へえ！」と声を上げたのは亜香音だった。「そんな早いんやな。そっかー、ついに夏蓮ちゃんも声優かー」

「だから気が早いって。受かれば、ね」

「上村さんは――」三千香が会話に加わってくる。「大学には行かないんですか。高卒で声優として食べていくってことですか」

　それね、と夏蓮は痛いところを突かれたような苦い笑みを見せる。

「大学には行くつもり。それが両親との約束でもあるし。実際、仮にプロになれたところですぐに食べていけるわけじゃないし。わたしとしては保険のために大学に行くのも、どうなのかなって気もしてるんだけど。逃げのような気がして。大学に行ってやりたいことや、学びたいことがはっきりあるわけじゃないし」

「へえ、そうなんですね。そうやって悩めるのは、すごく贅沢《ぜいたく》ですよね。羨《うらや》ましいです」

　三千香の言葉は内容以上に険の感じられるものだった。食卓の空気が張り詰めたものになる。

「うん、贅沢だってことは自覚してる。だから行くならちゃんと目的を見つけるつもりだし、もし見つからないなら両親を説得して、アルバイトしながらでも声優をつづけるつもり。プロになれているにしろ、まだなれていないにしろ」

夏蓮らしいまっすぐな言葉だった。でもそれによって、かえって三千香の意地悪さが際立った気もした。

「夏蓮ちゃんはまじめすぎる。使える親の金は、しゃぶり尽くしたらええねん」

「亜香音ちゃんは達観しすぎや。ほんまに中学生なん？」

さすがは西友の卵、もとい声優の卵、関西弁のアクセントが完璧《かんぺき》だ。わたしもふたりのやり取りに乗っかる。

「亜香音はほら、二周目だから」

食卓が笑いに包まれ、場の空気が元に戻った。

その後は取り留めのない会話が飛び交う、いつもどおりのかすがい食堂になった。ただし宮原姉弟が会話に参加することはほとんどなかった。しかしふたりの雰囲気はまるで違う。璃久は単純に場に溶け込めないというか、自ら積極的に会話をしていくタイプでもないようで、中学一年生の男子ならしょうがないかなと思う。

拒絶しているわけではない璃久と違い、三千香は会話をつづける気はないとばかり、話を振られたときにも短くぶっきらぼうに返すだけだった。

食事が終わりに近づいたころ、ふたりへ交互に視線を向けた。

「三千香さん、璃久くん、今日はありがとうね。煮込みハンバーグどうだった？　おいしかったかな」

　ふたりはおいしかったと答えてくれた。つづけて主に三千香に向けて問いかける。気は重かったけれど、引きずらないためにも答えははっきりさせたほうがいい。

「かすがい食堂はどうだったかな。また来ようって気持ちになれたか、率直なところを聞かせて」

　三千香は空《から》になったお茶碗にしばし視線を落としたあと、すっと顔を上げ、まっすぐに見つめてくる。冷たい眼差《まなざ》しだった。

「率直に言っていいんですか」

　気負うところのない、純粋な疑問形。

「そう、だね。変に気を遣われるより、はっきり言ってくれたほうが、いいかな」

　わずかに躊躇《ちゅうちょ》はあったけれど、気づけばそう口にしていた。それ以外に答えようがない。

「わかりました。それでは率直に言いますが、申し訳ないですが、遠慮させていただきます。やっぱり、わたしたちにはとくに必要のない場所です」

「そっか……」予想された答えでも気持ちは沈む。それでもなんとか言葉を絞り出した。「たとえば料理の勉強になるとか、魅力を感じなかったかな。違う環境の人たちとの絆をつくれるとかは、必要なかったかな」

「料理については、たしかに多少メリットはあるかもしれません。でも……あの、ひとつ言っていいですか。ハンバーグのつなぎって、じつは不必要ってご存じですか。ハンバーグのつくり方、焼き方を徹底的に研究したある料理研究家によると、つなぎがなくてもまるで支障がなかったんです。それどころかパン粉は肉の苦みやえぐみを閉じ込めてしまいますし、卵は入れても入れなくても差はなかったそうで。嘘《うそ》だと思うなら、今度つなぎなしでつくってみてください。まるで問題ないですから。少なくともまずくなることも、つくりにくくなることもないです。パン粉ってあまり使い道なくて余らせるだけですしね」

酷薄な笑みをこぼし、三千香はさらにつづける。

「あの、もし嫌な気持ちになったらごめんなさい。でも、率直にとおっしゃってましたから、率直に言いますね。わたし、絆とか助け合いとか、大っ嫌いなんですよね。テレビでもあるじゃないですか。チャリティーごっこみたいな番組。薄っぺらいし、見てて虫唾《むしず》が走ります。やってる人間だけの、その場かぎりの自己満足。いいことをしたいんじゃなくて、いいことをしているふうな自分が大好きなんでしょうね。反吐《へど》が出ます。

同じことを感じました。みなさんは本当にこの場所を必要としているんですか。本当に支援が必要な人に届いているんですか。子ども食堂ごっこをして、いいことをしている気分に浸っているだけじゃないんですか。べつに否定はしませんよ。勝手にやってくれればいいと思います。でもわたしはけっこうです」

つなぎを、繫がりを、絆を、全否定する彼女の言葉に座敷の空気が冷えて固まる。けれど話の途中から、亜香音だけはくくくっと、ときおり笑いを漏らしていた。その笑い声が、わたしの理性をかろうじて繫ぎとめてくれる。この場の滑稽さを、少しばかり客観的に見せてくれる。

璃久は気まずそうに、じっとうつむいていた。翔琉は少しばかり不機嫌そうな、そして考え込むような表情をしていて、ティエンはただただ不安そうにしている。夏蓮の顔はわずかに赤みがかり、珍しく怒りを内包した表情だった。

「宮原三千香さん――」

祖母の醒《さ》めた言葉が響き、これ以上空気を悪くしてはいけないと、わたしは慌てて告げる。

「おばあちゃん、いいの、わたしが率直に言ってほしいと言ったんだから。わかるし、言いたいことは、わかる」

「せやな」と亜香音はまだ笑いを引きずりながら同意する。「めちゃくちゃわかるわー」

「じゃあ、あなたはなぜ参加しているの？」三千香が首をかしげる。

「そりゃ、自分にとって都合がいいからちゃう？　おいしいもんを腹いっぱい食べれるし」

「そう。そういう割り切りは理解できる。でも、やっぱりわたしたちには必要がない場所。毎月十万円貰《もら》えるなら喜んで通うけれど」

祖母がまた激しく眉《まゆ》をひそめ、わたしは視線で「いいから」と伝える。

「ごめんなさい。宮原さんのお役には立てなくて」

「いえ、これからもがんばってください。応援はしませんけど」

天を仰ぎたくなる嫌みに、逆にここまで徹底されたら可笑《おか》しみが込み上げてくる。

「ありがとう」

満面の笑みで返す。べつに応援してほしくもないから、というセリフがのどもとまで出てきたが、さすがに大人の理性で呑《の》み込んだ。二年前なら口にしていたかもしれない。

うわべだけの別れの言葉を交わし、宮原姉弟は先に帰った。わたしだけがふたりを店の入口まで見送る。璃久が終始申し訳なさそうにして、彼だけが帰り際に深々と頭を下げたのが印象的だった。

奥の座敷に戻ってくると、夏蓮が先ほど呑み込んでいた怒りを発散させていた。

「性格悪すぎでしょ」

飾りのないあまりに直截《ちょくせつ》な言葉に噴き出してしまった。

「そしたらあたしも性格悪いことになるなー」亜香音がぼやく。

「亜香音ちゃんも亜香音ちゃんだよ。なんであんな言葉に同意できるの？」

「性格悪いつもりはないけど、考え方としてはあたしもあっち側の人間やで。気づかんかった？」

「信じらんない。なんであんな捻《ひね》くれた見方しかできないのかなー」

「そりゃ夏蓮ちゃんみたい、まっすぐな環境で育ってないからな」

「いやべつに亜香音ちゃんに言ってるわけじゃないんだけど。ていうかわたしだってべつに平々凡々じゃないから」

「まあ、そうやったね」

ふたりのやり取りを聞きながら、少し心が癒やされる。

翔琉は相変わらず難しそうな顔で考え込むようにしていて、ティエンは不安そうにしていた。

湯呑《ゆの》みを差し出してくれた祖母の顔は「お疲れさま」と語っていて、文字どおり疲れた笑みを返す。祖母の淹《い》れてくれたお茶が、今日ほど五臓六腑《ろっぷ》に染みわたったことはない気がした。

＊

「はぁ〜〜〜〜〜〜〜」

祖母と夕食を囲みながら、気づけばため息を、それも深い深いため息を漏らし、「何度目だい」と叱《しか》られる。

「ごめん。でもずっと仕事中からため息が止まらなくて」

「昨日のことだろ」

「まあね……」

昨夜の三千香の言葉は、一夜明けた今日になってからのほうが大きなダメージをわたしにもたらしていた。昨日刺さった釘《くぎ》が、いや杭《くい》が、じわじわと体の奥深くに沈み込んでくるかのようだった。

「気にすることはないよ。きれいごとをとかく否定してみたり、冷笑的な態度を取ったりする人は一定数いるものだよ。とくに若い時分にはね。熱病みたいなもんだ」

「わかるよ。わかる。若いときはさ、やっぱり世界が狭いし、視野も狭い。わたしだって思い出して悶絶《もんぜつ》したくなる昔の記憶があるよ。夏蓮が言ってたように、たしかに性格がいい子だとも思えない。でも、でもさ、冷静に振り返ってみると、彼女の言葉は的を得ていた気がするんだ。射ていた？　どっちでもいいけど」

「なにを言ってんだい。あの子はかすがい食堂を否定したんだよ。そりゃ大それたことはできてないかもしれない。でも何人もの子どもたちに居場所を提供できているだろ。翔琉は少しずつ変わってきているし、夏蓮はあんたに感謝してるさ。胸を張っていい」

うん、と生返事をしながら、さやいんげんの煮物を口に運ぶ。青くささもなく、優しい味つけが体に染みた。

「それはそうだと思う。でもさ、彼女が口にした『子ども食堂ごっこ』って言葉が抜けなくて。たしかにわたしがやっているのは『子ども食堂ごっこ』なんじゃないかって。ほかの、ちゃんと子ども食堂をやってる人とは違って、わたしの第一義は自分なんだよ。子どもたちじゃない。ストレスも感じたくない。だからむやみに子どもを増やさず、狭い世界に縮こまってる。心地よくできる範囲で、でもいいことをしている気分に浸りたいから。

宮原さんを誘ったのだって、そう。あの子は最初から嫌がってたんだ。それをわたしが無理やり誘ったの。本人の意思を無視して、自分が心地よくなるための道具としてね。彼女を救ったって自己満足に浸りたいために。

宮原さんが言いたかったのは、宮原さんが腹立たしく思ったのは、そういうことだと思う。視野狭窄《きょうさく》に陥っていたのはわたし。わたしは自分が気持ちよくなるために、子どもを利用して、『かすがい食堂』を利用して、私物化してたんだよ」

今日一日、心のなかで考えつづけていたもやもやを言葉にしてみれば、自分でも意外なほどすると形になって出てきた。話しながら「そうか、自分が感じていたもやもやはこういうことだったんだ」と得心していた。

そして言葉という明瞭《めいりよう》な輪郭を得た思いは、まったくそのとおりだと再び自分に突き刺さる。

祖母は小さくため息をつき、「うつっちゃったじゃないか」とぼやく。

「あたしはそうは思わないよ。でも、たとえあんたの感じた思いが真実だったとしても、それはそれで悪いことではないさ。自己満足でも、実際に救われた子がいるのは事実だろ。なにもしないより百倍素晴らしいことじゃないか。でも、いまの楓子が求めているのは、そういう言葉じゃないんだろうね」

さすがは祖母だと苦笑する。

いくら肯定されても、慰められても、いまの自分には刺さらない。自分がなにを求めているのか、この思いをどう処理すればいいのかも、さっぱりわからない。

「ごめんね。めんどくさいこと言ってるのは自覚してる」

「いいさ。たいていの人間は面倒くさいもんなんだから。まさか、かすがい食堂をやめたいなんて言い出しはしないだろ」

「正直な気持ちを言っていい？」

箸で摘《つ》まんだ鶏肉《とりにく》の煮物を中途半端な位置で止め、祖母が訝しげに目を細めた。気にせずにつづける。

「このままかすがい食堂をつづけるべきかどうか、悩んでる。というか、この気持ちのままかすがい食堂をつづけるのは、正直つらいなって思ってる。もちろん無責任なことをするつもりはないから、安心して」

「そうかい。だったらなにも言わないよ。あんたがはじめたことだしね。ただ、ひとつだけ言っておく」

そこで言葉を切り、祖母はじっとわたしを見つめてきた。その鋭い眼差しに気圧《けお》されそうになり、この感覚は久しぶりだなと思う。

「無理につづける必要はないさ。翔琉も、亜香音も、ティエンも、かすがい食堂がなくなったらなくなったで、なんとでもなる。寂しがるかもしれないが、あとを継いでくれるところが見つかるかもしれないし、仮にそうでなくても、べつに世界が終わるわけじゃない。彼らは彼らで力強く生きていくさ。だから、これは楓子の問題だ。義務感や、惰性でつづけるものじゃない。その必要もない。わかったね」

気圧されたまま、わたしはこくりとうなずいた。まるで小学生に戻ったような気分だった。

子どもたちのことを最優先に考えるようにとか、そういうことを言われるのだと咄《とっ》嗟《さ》に考えていた。祖母の言葉は意外なもので、でもそのとおりだと納得できるもので、自惚《うぬぼ》れるんじゃないと諭されているようにも、肩の力を抜きなさいと優しく包まれているようにも感じた。

祖母の言葉をもういちど咀嚼しながら、これはわたしの問題だと、あらためて自分に言い聞かせた。

＊

今年の梅雨は不安になるほど雨の降らない日々がつづいている。

しかし六月下旬の今日は朝から厚い雲がひろがり、雨が降ったりやんだりの陰鬱《いんうつ》な一日だった。外で遊ぶ子どもが減るせいか駄菓子屋かすがいの客足も鈍く、夕刻を迎えるころにはすっかり閑古鳥が鳴いていた。それにしても今日は客が少ない。まあ、こういう日もある。

「今日はもう閉めてもいいかなー」

あくびを嚙み殺して伸びをしながら、時計を見やる。午後五時半。

夏至をすぎたばかりで日暮れにはまだまだ早い時刻だが、外はすっかり薄暗くなっていた。ネット通販の事務作業のためにひろげているノートパソコンの画面がまぶしい。

そろそろ蛍光灯をつけるかと立ち上がったとき、戸口に人の気配があった。視界の端に人影を捉《とら》えて大人のお客さんだなと判断しつつ、いらっしゃいませ、と口にしかけて止まる。大人ではなく、顔見知りの、少し意外なお客さんだった。

「宮原、璃久くんだったよね。久しぶりだね」

「お久しぶりです」

戸口で傘をたたんで璃久は丁寧に頭を下げた。

「ひとり?」

「はい。その、先日のことを謝罪しにきました」

再び彼は頭を下げた。


璃久はやたら縮こまった様子で畳の上に正座した。

けっきょく店を閉め、祖母の朝日とともに奥の座敷で話を聞くことにした。今日は木曜日なのでかすがい食堂もない。その曜日を狙って来たのだろうとも思えた。

宮原姉弟が来てから十日以上が経っている。

元どおりのかすがい食堂はすでに三回挟んでいて、そのときに先日の出来事が話題に上ることはなかった。

わたし自身の葛藤はいまだにつづいている。ただ、かすがい食堂の今後について悩んでいることは祖母以外誰にも告げていなかった。かすがい食堂のときもいつもどおりに振る舞い、子どもたちに悟られてはいないと思う。

祖母がお茶を振る舞ったあと、璃久はあらためて先日の姉の言動について謝罪した。

「かすがい食堂に携わるすべての人に対して、とても失礼な発言だったと思います。申し訳ありませんでした。こうして訪れるのが遅れたのも、申し訳なかったと思っています」

用意していたのであろう堅苦しい言葉が、体つきは大人でも幼さの残る顔とアンバランスで、少しばかり歪《いびつ》さを感じる。

気にしてないよ、と祖母は微笑む。

「だからこれは非難しているのではなく、素朴な疑問として聞いてほしいのだけど、どうして璃久くんがひとりでやってきたんだい。そもそもきみがあやまることではないよね。容易に想像はつくよ。お姉さんはべつに反省はしていないし、ここに来ることも拒否したんだろ」

「それは……」

「べつにお姉さんにあやまってほしいとか、そんなことは露ほども思っちゃいない。だからただ、本当のことを知りたいだけさ」

困り顔でうつむく璃久がかわいそうで、助け船を出す。

「まあまあ、それはもういいじゃん」祖母に笑いかけたあと、璃久に語りかける。

「わたしたちはべつに怒ってないし、むしろこちらこそ申し訳なかったと思ってる。三千香さんは最初から乗り気じゃなかったんだよ。なのにわたしが無理やり誘ったわけだし。三千香さんこそ気分を害して当然だったと思うもん」

「ありがとうございます。でも、やっぱり、ちゃんと話すべきですよね」

意を決した様子で、璃久は背筋を伸ばした。とたんにぐいっと、さらに大きく見える。

「母はここで起きたことを聞いて、あやまりに行くように姉に強く言ったんです。ですが、姉は拒否しました。それは事実です。でも、反省していないわけじゃないようです。たしかに不必要なことを言ってしまったと認めています。相手を傷つけるようなことや、嫌みっぽいことも言ってしまったし、それはすごく恥ずかしいと。でも、すべてが間違っていたとは思わないし、表面的に謝罪することで、安易に解決することもしたくない。自分が間違っていたと思う部分は反省するけれど、それをあの人たちに伝える必要性は感じないし、だから謝罪に行く気はない。あの人たちが自分を嫌うならそれでけっこうだし、甘んじて受け入れる。——ごめんなさい。ぼくもいまいち理解できなくて、完全じゃないとは思うんですが、だいたいそういうようなことを言ってました」

話の途中から、申し訳ないとは思いつつも、わたしは密《ひそ》かに笑いを噛み殺していた。三千香のことが、むしろ好きになった。いろいろこじらせているとは思うのだけれど、茶化すとかではなく、そんな彼女を愛《いと》おしく感じる。

「わたしは、わかるよ。もしかするとわかっていないかもしれないけど、すべてが間違っていたとは思わないってのも、そのとおりだと思う。だからべつにわたしたちにあやまる必要はないし、わたしも彼女にあやまらないことにする。三千香さんの言葉がすべて正しかったとも思わないし。だから、これでこの話はおしまいにしよう」

話がうまく呑み込めなかったのか、璃久はしばしきょとんとしたあと、ぎこちなく「ありがとうございます」と頭を下げた。それで――、と切り替えた声音で告げる。

「じつはひとつお願いがあって。ぼくひとりだけですけど、かすがい食堂に通ってもいいですか」

思いがけない申し出に、思わず祖母と顔を見合わせる。祖母もまた驚きを表情に宿していた。

「も、もちろん！」わたしはすかさず華やいだ声で言い、同時に一抹の不安が頭をもたげる。「でも、その、大丈夫なの？　お姉さんは、承知してるの？」

「ああ、そのことですか」

璃久は晴れ晴れと笑った。初めて見せた笑みで、ようやく中学生らしい表情を見られた気がする。

「これは母が提案したことなんです。母は——ぼくもですけど、姉のことを心配していて。すべてを背負い込みすぎじゃないかと」

大まかには聞いていた宮原家の事情を、璃久は訥々《とつとつ》と語ってくれた。

母親が離婚したのは璃久が四歳のころで、以来父親との接触はいっさいなく、彼は父親の顔も覚えていないという。母親はふたりの子どもを育てるため働きつづけた。体は丈夫で、働き者でもあった。おかげでけっして裕福とは言えないまでも、食べるものに困るような生活ではなかった。

転機が訪れたのは半年ほど前のこと。母親が仕事帰り、駅の濡《ぬ》れた階段で足を踏み外し、転落。腰を強打し、足を骨折する大怪我を負う。さらに長年の労苦がたたったのか、歩行に支障を来す障害が残ってしまった。

非正規労働者であったために大した補償はなく、さらに仕事を失うことになってしまった。国や自治体からの支援で暮らしていくことはできるが、より倹約が必要になり、なにより母親の介護と家事の負担が子どもたちにのしかかった。

高校一年生だった三千香はバスケ部を退部し、そのすべてを担うようになった。璃久もなるべく姉の手伝いをしようとしたのだが、逆に許してくれなかったのだという。

「璃久はバスケをやらなきゃいけない。あなたはこんなことに煩わされちゃいけない。あなたの可能性をつぶしてしまうことのほうが、わたしは許せない。家のことは心配しないで。全部お姉ちゃんがやるから。あなたはなにも心配しなくていい」

三千香はそう言ったそうだ。そしてそれを実行した。

母親も最初は三千香の行動に感謝していたが、最近になって不安を感じるようになったという。

「なんというか、姉はがんばりすぎているんじゃないかって感じるんです。先日のかすがい食堂の一件で、ぼくもあらためてそのことが心配になりました」

彼女と初めて話をしたあと、抱いた懸念を思い出す。頑なに精神的な支援を拒絶するような姿勢に、わたしも危うさを嗅《か》ぎ取っていた。

自分が宮原家を支えるんだと一生懸命になりすぎて、周りが見えなくなっているのかもしれない。張り詰めた糸は、いつかぷつんと切れてしまう。それを母親も璃久も心配しているのだろう。

三千香が自分自身のバスケについて語ったとき、歯切れが悪くなった理由もわかった。彼女は彼女なりにバスケに打ち込んでいたはずで、でもきっと母親や弟に対しては、なんの未練もないと振る舞っている。

正座をして背筋をまっすぐ伸ばしたまま、璃久はつづける。

「それであらためて母と話し合ったんです。姉をかすがい食堂に通わせるのはさすがに無理でしたけど、ぼくだけでも通えればと。その日は姉も料理を休んで、母とふたりで簡単に済ませるそうで。ただ、通うのは週にいちどだけにしたいんです。それくらいならと姉も折れてくれましたし、ぼくも部活でけっこう忙しくもあって。それでもいいですか」

「もちろんだよ。歓迎する」

わたしは笑顔で迎え入れた。

ベストではないとしても、ベターな解決方法じゃないかと思う。三千香もどんな顔でかすがい食堂に来ればいいかわからないだろうし、わたしたちもそうだ。

璃久がかすがい食堂に来る日は、三千香は料理を休む日にする、というアイデアもよかった。肩の荷を少しだけでも下ろせるし、弟がいないぶん彼女の罪悪感も減らせる。うまいやり方だ。

璃久だけでも繋がりがあれば、いずれ彼女の力になれるときも来るかもしれない。

今回はなにもできないまま、宮原家に助けられたなと思う。

でも、わたしがなにもできずに空回りしたことで、宮原家の状況は少しだけいい方向に動いた。たとえ結果論だとしても、それでよかったのだと思うことにする。

かすがい食堂がなくなっても、通う子どもたちが路頭に迷うわけじゃない。わたしがなにもしなくたって勝手に解決することもあるだろうし、なにもしないことが正解のときもある。肩の力を抜かなくちゃならないのは自分のほうかもしれない。

笑顔のわたしを、祖母が怪訝《けげん》そうに見ている。目口で、いいのかい、と問いかけているように思えた。

かすがい食堂の今後をわたしが悩んでいるからだろう。璃久の参加を安請け合いしてもいいのかと。

「璃久くん、あのさ、いまからちょっとだけ、おばあちゃんにしか意味がわからない話をしてもいい？」

「あっ、えと、はい……。べつにかまわないですが……」

璃久は要領を得ない様子でぱちぱちとまばたきしていた。

祖母に向けて、けれど目は見ず、湯呑みから立ち上る湯気を見つめながら告げる。

「自分でも不思議なんだけどさ、さっき、璃久くんの語る三千香さんの言葉を聞いたとき、なんだかわたしも吹っ切れた気がしたんだよね。自分が間違っていたと思うところは反省して、でもそれを相手に伝える必要はないし、謝罪する気もないっていう、やつ。そのふてぶてしさがさ、いいなって。

わたしは本気で、三千香さんに対して悪いことをしてしまったと落ち込んでたし、自分の本性にも気づかされて、情けなくなってた。でも相手がそう言ってくれるなら、わたしも反省するところは反省して、それでいいのかなって。だからもう少し、ふてぶてしくつづけてみるよ、『子ども食堂ごっこ』を」

しょうがない子だねえ、という顔で祖母は笑みを漏らした。

かすがい食堂の三年目は、幕を開けたばかりだ。

第二話　はじけるにんじんしりしり

今年は典型的な空梅雨だった。しかも「まだ六月ですけど⁉」と叫びたくなるほどの絶望的な猛暑だった。

この調子だと八月には四十度を超え、十二月には八十度を超えるんじゃないかという洗練されたギャグを近所の住民と交わしつつ、実際今年の夏はどうなるのかと戦々恐々としていた。しかし七月に入ってからは、いくぶん過ごしやすい日々がつづいている。

とはいえ夏は夏である。

ネット通販を手がけるようになったため、最近は店が暇なときでもやることはいくらでもあった。けれど、こう蒸し暑いとなにもする気になれない。

店の帳場に座り、うちわで緩慢に生温《なまぬる》い空気をかき混ぜながら、この夏の暑さをどうにか保存して涼しくくし、蓄えたその熱を冬に開放する方法はないものかと積年の課題を考えていた。つまりなにも考えていなかった。

小学生の女児ふたりがおしゃべりに夢中になっている店内に新たな客がやってくる。顔を向ける気にもなれず、聞こえない声量で「らっしゃせー」と投げやりにつぶやいた。頭が回らない。

目の前に突如、イカが差し出される。

「いくらなんでもだらけすぎでしょ」

声の主を反射的に見やる。生まれつき黒い肌を持つ少年が、にかっと笑っていた。

「仁《じん》くん！　ひっさしぶりー！」

木村《きむら》仁、昨夏の一時期だけだが、かすがい食堂に通っていた中学三年生の少年である。日本人の父と、アフリカ系フランス人の母を持つミックスルーツの持ち主だ。一ヵ月に満たないその期間の短さとはうらはらに、大きな事件に関わったことで残した存在感は大きかった。

「久しぶりってほどでもないよ」

「ああ、まあ、そうかな」

苦笑しつつ代金を受け取る。甘辛く煮つけたイカを竹串に刺した駄菓子だ。昔から定番として君臨する子ども向け駄菓子でありながら、大人になってみると完全に酒の肴《さかな》としか思えない代物である。それもあってか大人客が中心となるネット通販でも人気の商品で、しかも単価が高めなのでとてもありがたい存在だった。

それでさ、と仁はイカを強引に嚙《か》みちぎる。

「じつは楓子さんにお願いがあって。またオベントウ会に来てほしいんだ」

「はいはい。また講師として、だよね」

オベントウ会とは正式には《OBENTOをつくろうの会》といい、日本在住の外国人、あるいは外国にルーツのある人たちが料理を学ぶための勉強会だ。仁の母親が発案し、主宰しているもので、勉強会といっても堅苦しいものではなく、みんなでわいわいと料理をつくって楽しむ会である。当初は日本の家庭料理を学ぶためのものであったが、その後はさまざまな国の料理を学ぶ場になっていると聞いていた。

「いや……」仁は少し気まずそうにこめかみを搔《か》いた。「今回はあくまで一参加者としてお願いしたいんだ」

「へっ、そうなの？　まあ、べつにかまわないけど、なんでわざわざわたしに？」

「話変わるけど、ユーチューブって見る？」

仕事中よく息抜きで見るので、そのことが仁にバレたのかと一瞬ドキッとするも、そんなことはあるまい。にしても、じつに脈絡のない質問だ。

「見ないことは、ないけど……」いや、すごく見てる。「それがどうかしたの？」

「料理系ユーチューバーのナツミさんって知ってる？」

「ううん。そういや料理系はまったく見ないなー」

料理は祖母から学べるので、あえて見る必要を感じなかったのだろうか。これまで存在すら意識したことがなかった。

「そのナツミさんがオベントウ会に講師役として来てくれるんで、ぜひ楓子さんもと思ってさ」

「あ、うん、そうなんだ……」

答えになっているような、なっていないような、いまひとつ釈然としない思いで答えると、やはり仁も「これじゃごまかされないよね」と笑った。

「ナツミさんが来るってのは本当だけど、楓子さんを呼ぶ目的は別にあって。でも、それはまだ言いたくないんだ。終わったらちゃんと説明するし、母さんもそのことは知ってる。というか母さんのアイデアなんだ。どうかな？」

ちょっぴり疑問は感じるけれど、仁の母親による発案ならさほど変な話でもないだろう。
「オッケー。料理の勉強もできるわけだしね」
「助かる！」
仁はイカの串を指に挟んだまま器用に両手を合わせ、拝んだ。あまり感謝されると
それはそれで不安になる。
開催は約二週間後、来週末の日曜日で、幸いにも予定は入っていなかったので問題
なかった。
「ところでさ――」彼の用件が一段落したあと切り出す。「今日かすがい食堂なんだ
けど、久しぶりに参加する？」
「あ、そうか。今日火曜か」
そう言った仁の様子に不自然さはなかったので、かすがい食堂の日であることを意
識していたわけではなさそうだ。
母さんに確認する、と言ってスマホのメッセージで何度かやり取りしたあと、こち
らに親指を立てながら笑みを向ける。
「オッケー。えっと、いまは翔琉《かける》と亜香音《あかね》と……」
「ティエン」

「あっ、そうだったそうだった」

「あと、最近、宮原璃久《りく》くんっていう中一の男の子が。週一で火曜日だけだけど、だからちょうど今日会えるね」

「おお、楽しみ！」

仁は白い歯を見せて破顔した。


中三の仁と、中一の璃久。買い物はこのふたりについてきてもらう。学年はふたつほど違っても、同じ中学生男子とあってか狙いどおり打ち解けるのは早かった。買い物のときも料理のときも、仁は積極的に話しかけてくれていた。「学校じゃないんだからタメ口でいいよ」と仁は言うのだが、まじめというのか、体育会系が体に染みついている感じの璃久は敬語を崩さず、少し可笑《おか》しかった。

彼がかすがい食堂に参加するのは今日でようやく三回目。お客さま感は薄れてきたものの、正直まだ馴染《なじ》んでいるとは言えない状態なので、仁の参加は心強かった。小六の翔琉とはひとつ違いであるけれど、小学生と中学生の壁もあるし、翔琉は人付き合いが得意でもない。

食卓でアジの南蛮漬けを口に運びながら仁が言う。

「おお、宮原はバスケやってんだ。おれも一年の最初だけ、ちょろっとバスケ部に入ってた」

「そうなんですね。どうして、辞めてしまったんですか」

「そもそもあんまり興味はなかったんだ。やっぱ黒人だとバスケうまそうに見えるし、なんかそういう周りの空気を察して入っただけで」

「木村さんはそこそこ背も高いし、体つきもいいですしね。周りが期待するのもわかります」

納得したふうに首を縦に振りながら璃久は言った。

「バスケはそれなりにおもしろかったよ。でも、なんていうの、体育会系のノリが、いまいち肌に合わなかった」

そこで仁は亜香音と意味ありげに視線を交わした。以前、学校の、とくに部活の上下関係は異常だと、ふたりで意気投合したのを思い出す。

「たしかに合う合わないはありますよね。昔に比べればずいぶんましになったと聞きますけど」

「全員じゃなくても、やたら高圧的な上級生とか、突っかかってくる奴《やつ》はたしかにいたよ。それに、それがすべてでもないし。体格的なアドバンテージはたしかにあって、まじめにやればいつかスタメンにはなれただろうし、うまくいけばエースになれたかもしれない。でも、そこまでだったと思う。全国レベルの選手になれる気はしなかったし、それが見えたとき、なんか声が聞こえたんだ。こいつ黒人のくせに大したことねぇのな、って。自分の心が生みだした、妄想の声だよ。でもさ、その声が聞こえちゃったらもう、つづける気力がなくなって。もとより、好きではじめたわけでもないし」

璃久が返す言葉に困ったのを機敏に察し、仁は質問を追加した。

「はじめたのは、中学から？」

「いえ、小学生からです。姉がバスケをはじめて、それでぼくもやりたいって親に言ったらしくて。じつはそのへんはっきり覚えてないんですけどね」璃久は照れたように笑う。「でも実際すごく楽しくて。それでずっとつづけてます」

「おれとは違って好きではじめたんだ。それならすぐにスタメンにもなれそうだな」

言葉にはしなかったものの、経験に加えて彼の恵まれた体格も含んでいるはずだ。わたしもそう思うのだが、意外にも璃久は「そんなことないですよ……」と困り顔をつくった。謙遜《けんそん》だけでもなさそうな表情と声音だった。

「公立ですけど、うちは顧問が全国まで行った方ですし、経験者の新入部員も多いですから」

　仁が「そっか」とつぶやき、なんとなくそこで会話は途切れた。

　咀嚼《そしゃく》していたものをごくりと呑《の》み込んだ亜香音が、ところで、と箸を軽く持ち上げる。

「仁はゲームつくりたい言うてたやん。もうなんかはじめてんの？」

「いや、とくには。まあ、勉強のためゲームをやるくらいかな」

「それは勉強とは言わへん」

　亜香音の的確なツッコミで場が笑いに包まれる。ちなみに、と彼女はつづける。

「どういう方向性？　企画、シナリオ、グラフィック、プログラム」

「いや、そこまではっきりしたもんはないけど、まあ、企画かなぁ。ゲームデザイナー？」

「あかん。ぜんぜんあかん」亜香音はしかめっ面で首を振る。「もう中三やで。世界的ゲームクリエイターを目指すんなら、いまから動いとかんと。すでに遅すぎるくらいや」

「いや、世界的クリエイターとはひと言も言ってないけど」

「ごめん――」とわたしは手を上げる。「念のためだけど、ゲームデザイナーっていうのは、ゲームのもろもろを考える、偉い人？」

ゲームにはあまり明るくないので、どうやって制作されるのかいまひとつイメージできない。

ふたりは顔を見合わせたあと、代表して仁が答えた。

「偉いかどうかはわかんないけど、中心となる人ではあるのかな。有名な人はだいたいゲームデザイナーだし。全体のコンセプトを決めたり、プロジェクトを指揮したり。シナリオを書く人もいるし」

「わかりやすく言うと監督とかディレクターって感じ？」

「人によるけどね。だいたいそんな感じかな」

なるほどなるほど、とうなずく。ゲームをつくる人、と聞いてまっさきに思い浮かぶ姿かもしれない。もちろん、たとえば映画づくりにおいて誰もが監督になれるわけではないし、逆に監督だけでは映画をつくれない。

でさ、と亜香音は話を戻す。

「ちょうど仁に相談したいことがあってん。あたしといっしょにゲームつくらへん？」

「へ？　亜香音が？　ゲームを？」

まったく予想していなかった提案だったのだろう、仁は狐《きつね》につままれたような顔をしていた。わたしもゲームと亜香音とがまるで繋《つな》がらず、それはほかのメンバーも同様だったようだ。翔琉が疑問を投げかける。

「亜香音ちゃん、ゲーム好きだっけ？」

わたしも疑問に思う。好き嫌い以前に個人のスマホは持っていないはずだし、自宅にゲーム機があるとも思えない。

「いや、ぜんぜん」当然やろ、といった様子で亜香音は真顔で首を振った。「ゼロとは言わんけど、ほとんどやったこともないし」

仁も不思議そうに尋ねる。「で、なんで亜香音がゲームを？　いや、おれとしてはおもしろそうだし、歓迎だけど」

間髪を入れず「プログラミングを覚えたいねん」と彼女は決然と言った。

「たぶん当分のあいだは食いっぱぐれのないスキルやからな。ま、あたしの目指してる場所は雇われのSEとかプログラマーやないけど」

「いいね！」仁は弾《はじ》ける笑顔でガッツポーズをするように両のこぶしを握りしめた。

「じゃあアンリアルとかユニティ使わず、フルスクラッチで？」

「いや、まずはエンジンを使うとこからかな」

「亜香音の狙いはわかったよ。おれに機材を提供してくれってわけだな」

「話が早い。あたしのパトロンになってほしい。知識は図書館でなんとかなるけど、自由に使えるパソコンがないと話にならんし、中古でもうちではとても買われへんし」

「断言はできないけど、なんとかなると思う。いや、なんとかする。中古のノートPCでもいける？」

「充分。べつにいきなり凝ったもんつくるわけやないし」

話を持ちかけられた仁のほうがむしろ嬉々《きき》としながら、食事そっちのけでふたりの会話は盛り上がっていった。専門用語が多すぎて半分くらいなにを言ってるのかわからず、かといって話を差し挟む余地もなく、祖母と顔を見合わせて苦笑する。でもそれは喜びに満ちたものだった。

仁の家は裕福で、亜香音は貧困家庭で、同じ中学生でも学校は違うし、住む世界も違う。本来なら接点のなかっただろうふたりがかすがい食堂で出会い、互いの強みを活《い》かしながら新しいものを生みだそうとしている。

亜香音はともかく、中三の仁には「受験は大丈夫？」という気持ちもなくはないけれど、きっと受験勉強などより大事なものがそこにはあるはずだ。

わたしの心を読んだように――亜香音に対してだったが――ふいに仁は告げた。

「あ、ちなみにうちは中高一貫だから受験らしい受験はないし」

金持ちズルいな！

それは冗談としても、お金の力によってやりたいことをやれる環境が整えられて、周りを巻き込んで創造の力が発揮されるのは歓迎すべきことだ。それは世の中を少し楽しくする、とても有意義なお金の循環だと思う。

*

日曜日の昼前、わたしはいささか場違いなところにいた。

オベントウ会がおこなわれる木村さん家《ち》はいわゆるタワマンではないものの、歩行者用の入口が妙にわかりにくく、緑が豊かで、車寄せのある奥まったエントランスからして威厳を放っている高級マンションだった。東京都内でこんなに無駄に土地を使って許されるのかと思う。エントランスも無駄に広くて豪華で、入るなりコンシェルジュがウェルカムドリンクを持ってきそうである。

初めて来たときは「貧乏人は立ち去れー」という無言のプレッシャーを受けたものの、三回目ともなると慣れたものである。エントランスのインターホンで部屋番号を押す。

「あ、か、春日井楓子です。ほ、本日は――」緊張してるやん。

「あ、楓子さん、いらっしゃい」

出たのは仁で、ちょっとほっとした。

落ち着いたオレンジ色の照明に包まれ、黒い大理石と木目が調和したエレベーターホールも高級感しかない。エレベーターの到着を告げる音すら高級だ。チーン、みたいな庶民的な音じゃない、ティン、だ。なんならフランス語で表記したい。どう書くのか知らないけど。

階数ボタンを押す必要もなく、というか目的の階以外には止まらないエレベーターに乗り込む。

「何回来ても、ここは、緊張します」

同行者であるティエンが言葉どおり緊張した声音で言った。

「そうだね。わたしもなんだか緊張するよ」

「楓子さんも、ですか。ちょっと、嬉《うれ》しいです」

ティエンが微笑《ほほえ》む。かわいいなー。ティエンはかわいいなー。

彼女は母親といっしょに二度ほどオベントウ会に参加したことがある。初期のころで、かすがい食堂に通うようになってからは行ってないようだ。わたしも二度、講師役として参加したことがあった。

今日は日曜日だけれどティエンの母親は仕事で、わたしは母親代わりの付き添いというかたちである。

母親の仕事は事実であるとしても、わたしを自然に参加させるための口実なのだとは察していた。料理の勉強会という趣旨からすると変な話ではあるのだけれど、ネイティブの日本人が単独で参加するより不自然さは薄れるはずだ。

仁の母親がわたしを呼んだ理由についてはまだ聞いていないし、おそらく先入観を持たないことに意味があるのだろうと理解していた。

目的の階に到着し、無駄なスペースのある無駄に豪華な玄関を抜けると、仁の母親エミリーが出迎えてくれた。

「楓子！　久しぶり！　会いたかったわ！」思いっきりハグされる。

「エミリーさん、わたしも、会いた……ちょ……くる……」

さすがに苦しいとは言えなかった。言いかけたけど。このスキンシップの濃さと力強さには、やはり日本人とは違う血を感じる。

エミリーはアフリカ系フランス人で、アメリカでフランス資本の世界的ゲーム企業で働いていた。ただしゲームづくりに直接携わる技術職ではなく、広報やマーケティングを担当していたようだ。そこで日本人の男性と知り合い、結婚。仁を儲《もう》けたあと、日本にやってきた。現在はアメリカ資本の大手IT企業に勤めているらしい。

背が高く、肌は黒く、すっと斜め上に延びた目が特徴的で、長い髪をうしろで一本に縛っている。いわゆるポニーテールだが、かわいさよりも勇ましさを感じる髪型だ。年齢を感じにくいのもあるのだけれど、ファッションモデルだと言われてもまったく疑えないスタイルと容貌《ようぼう》をしていた。

ようやく拘束を解いたあと、彼女は「今日は、よろしくね」と意味ありげにウインクした。

多くの人が憧れる広いアイランドキッチンに今日の参加者が集まっていた。見た目では国籍はわからないものの、中国語や、ぎこちない日本語や英語などさまざまな言語が飛び交っている。

わたしやエミリーを含め大人は七人で、全員が女性。子どもが仁とティエンを含めて五人だ。

全員が揃《そろ》ったのか、主宰のエミリーが簡単に挨拶と会の趣旨を説明したあと、本日の講師役となるナツミを紹介する。

「今日は、最初のコンセプトに戻って、日本の家庭料理を学びます。講師はナツミさん。二回目ですね。ナツミさん、よろしくお願いします」

エミリーは片手を向けて挨拶を促す。

「あ、ナツミです。ユーチューブで料理動画を上げさせていただいてます。本日はお招きいただきありがとうございます。わたしもこの会では得ることも多くて、むしろこちらが学ばせてもらうつもりで来ました。よろしくお願いします。あと、今日も娘の陽菜《ひな》を連れてきました。はい、ご挨拶して」

彼女が軽く背中を叩《たた》くと、隣に立つ女の子がぴょこんと頭を下げる。

「陽菜です。小学一年生です。よろしくお願いします」

たどたどしくもちゃんとした挨拶に、誰もが笑みを浮かべ、拍手が送られる。

ナツミはおそらく三十代なのだろうが若々しい見た目の人物だった。セミロングの髪は明るく、毛先を内側にカールさせた髪型はいかにもいまどきっぽい雰囲気だ。さすが人気ユーチューバーだけあって人前に立って話すことにも慣れている。流暢《りゅうちょう》さゆえの上辺《うわべ》っぽさは感じてしまったが。

今日を迎えるまでに、彼女の動画は新しいものを中心にいくつか見てきた。「ナツミ」という名で顔出しで映っていて、登録者数が十万人を超えているのだからかなりの人気だ。手軽につくれるお弁当のおかずや、時短料理、子どもが喜ぶ少し手の込んだ料理などいろいろな趣向の動画を上げているが、基本的には子どもを持つ親に向けたものである。彼女は動画内で視聴者のことを「お母さん」や「お父さん」と呼んでいた。

「最近は変わってきているそうですけど、《OBENTOをつくろうの会》の趣旨に沿って今回もお弁当に合うおかずを考えてきました。テーマは野菜嫌いの子どもも食べてくれる、野菜をたっぷり使った料理です」

言い終えたあと浮かべる笑みもさまになっている。

彼女が用意していた献立はパプリカとピーマンを使った玉子焼きと、炒《い》り卵の入ったにんじんしりしりだった。

まずはナツミが中心となってレクチャーしながら、みんなで料理をつくっていく。

彼女はさすが教え方やトークもうまく、色とりどりの玉子焼きも、色鮮やかなにんじんしりしりもおいしそうで、見た目も映える見事な出来だった。

お弁当づくりに役立つ日本の家庭料理を学ぶことからはじまった会だが、いまでは自由に料理をつくり、教えあう集まりに発展している。今回もナツミがレクチャーした料理をつくってもいいし、それ以外の得意料理を自由につくってもよかった。

わたしも流れで、いずれも初対面だったふたりの女性と小グループとなり、料理を教えあったりした。ひとりは言葉からおそらく中国の人で、もうひとりは碧《あお》い瞳の北欧っぽい人だった。いずれも四十前後の女性である。

ふたりはあまり日本語が上手でなく、意思の疎通は簡単ではなかった。とくに適した英語が思い浮かばないときは難しい。けれど身振り手振りを交えて、日本語や英語の単語を並べてなんとかコミュニケーションをはかるのも逆にゲームみたいで楽しい。思いが通じ合ったときは笑い声が弾け、ハイタッチしたりする陽気なノリも日常ではなかなか味わえないものだった。

子どもたちは料理そっちのけで勝手に遊んだり、仁が相手をしたりもしていたが、ティエンはずっとわたしのそばにいて料理を手伝ってくれた。

一時間半ほど経《た》って、満足に言葉は通じずともふたりとすっかり気心が知れたころ、「ではそろそろ味見と参りましょうか」とエミリーが参加者を促した。もっとも味見はすでにたっぷりとしていて、要は料理を終えて食事を楽しむ時間である。

陽光の降りそそぐ開放的なリビングの大きなテーブルに、できあがったさまざまな料理が運ばれる。騒いでいた子どもたちもようやくおとなしくテーブルに着いた。

小さな事件が起こったのは、この食事の席でであった。

けっきょくグループになったふたり以外の参加者とはさほど話す機会はなく、この三人でテーブルに並んだ。

残念ながらナツミとも話すタイミングはなく、彼女のつくったにんじんしりしりをようやく口にした。

口にするなり、その甘さと香ばしさに思わず唸《うな》る。すっかり冷めてはいたけれどおいしさは損なわれておらず、お弁当にぴったりと謳《うた》うだけある。味がよく染み込んでいて、ニンジン本来の甘さを引き出す味つけの塩梅《あんばい》も絶妙だ。炒り卵もふわふわ食感で、控えめな味がニンジンとうまく合っている。見た目も鮮やかだし、映《ば》えを意識しているのもさすがだった。人気ユーチューバーの名は伊達《だて》じゃない。

ティエンもすっかり気に入ったようだった。

「こんなに甘くて、おいしいニンジン、初めてです」

「だよね。また今度かすがいで――」

「いやっ！」

ふいに響いた叫び声にわたしは言葉を止めた。幼い声だ。声のしたほうに目を向けると、もういちど同じ言葉が、さらに抑揚をつけて繰り返される。

「いーやっ！」

ナツミの娘、陽菜の声だった。ナツミが戸惑った声で諭すように言う。

「どうしたの？　このあいだはおいしいおいしいって言って食べてたじゃない」

うつむき加減にそっぽを向く。どうやら陽菜はにんじんしりしりを食べたくなくて駄々をこねているようだ。

「どうしてそんなわがまま言うの？　もう小学生でしょ。ちゃんと野菜食べるってこのあいだ言ったよね」

「知らないっ！」

ヒステリックな声で再び娘は拒絶し、ナツミは「大きな声を出さないでっ」と懇願する。「お願いだから……」

大声ではなかったけれど、イライラを存分に詰め込んだ声だった。

みなの注目を集めていることには気づいていたのだろうが、ここで初めてナツミは「ごめんなさい」と苦い笑みを参加者に向けた。

「この子、ときどきすごくわがままになるんですよ。家ではいつも野菜を食べてるんですけどね。ほかの人がいっぱいいるから、甘えられると思ったんですかね」

ほかの参加者たちは口々に「うちの子なんて野菜をまったく食べないから」「子ど

もはやそういうものですよ」「無理に食べさせないほうがいいですよ」「かわいいもんじゃないですか」など、同情や共感を拙《つたな》い日本語で伝えている。

そのとき陽菜の右手が激しく動き、クラッカーのように赤と黄色の鮮やかな物体が宙を舞った。誰かの短い悲鳴が響き、にんじんしりしりが弾けたのだと気がついた。

「陽菜が皿に載せられていた食べ物を手で払ったのだ。

「陽菜！」ナツミは叫び、我が子の手を叩く。「なにしてるの！　なんてことするの！　食べ物を粗末にして！」

そこからは大騒ぎだった。

陽菜はぎゃんぎゃん泣きはじめ、ナツミは謝罪を繰り返し、部屋のあちこちに飛び散ったニンジンや炒り卵やゴマをみんなで拭《ふ》き取り、けっきょくナツミはあやまりながら娘を連れて別室に移動した。

＊

「お疲れさま」

カップが置かれ、コーヒーの香《かぐわ》しい匂《にお》いがひろがる。

「エミリーさんこそ、お疲れさまでした」

「本当はみなさんでコーヒーを、と思っていたのだけれど」

自分のぶんのマグカップを持ってエミリーも座った。ほかの参加者も、仁もおらず、リビングにはふたりきりだ。

オベントウ会はつつがなく終了していた。陽菜の騒動のあとも和やかに食事は進行したし、娘をあやしたナツミも戻ってきた。あの騒ぎも小さな子どもがいればよくあることだし、大ごとというほどのものでもない。

ただ、陽菜はやはり愚図っていて、ナツミはそこでも何度もあやまりながら早めに帰宅した。コーヒーや紅茶を飲みながら食後の談笑という雰囲気でもなくなり、ほどなく解散となったのである。

けれどなぜか、わたしだけは残ってほしいとエミリーに呼び止められた。ティエンはひとりで帰ることになったが、まだ日は高いし、途中まではほかの参加者に付き添ってもらっているはずだ。

出されたコーヒーをひと口飲み、わたしは尋ねた。上品な香りと、適度な甘さと苦みで心が落ち着く。

「今日わたしを呼んだ、理由ですよね」

その件は途中すっかり忘れていたのだけれど、終わって呼び止められたときに思い出した。エミリーは静かにうなずく。

「そう。あのね、ナツミのことなの」

予想どおりのことで、驚きはなかった。人気ユーチューバーが呼ばれたタイミングで参加を請われたのだから。

彼女の娘、陽菜をかすがい食堂に参加させてほしいとか、そんなところだろうか。

彼女は前回も娘を連れてきていたようだし。

けれどつづけられたエミリーの言葉は意外なものだった。彼女は両ひじをテーブルに載せて斜め前に延ばし、手を組む。

「彼女の子育て、楓子は、どう思った?」

「へ……?」一瞬きょとんとする。「どう、ですか?」

「そう。率直な意見、聞かせて」

「率直な、意見……」予想だにしていなかった質問なので慌てて考える。「えっと、ちょっと厳しいかな、とは思いましたよね。でも、彼女も人の目があるところで焦ってしまったのかなとも思います。手を叩いたのはどうかなとは思いましたけど、突然のことでナツミさんもびっくりしたでしょうし、人様の家を汚してしまった申し訳なさと、恥ずかしさもあってつい手が出ちゃったのかなって」

　実際、飛び散ったにんじんしりしりは壁や、キッチンに置かれていた高価そうな調度品にまで付着していた。跡が残るような汚れはつかなかったと思うけれど、豪奢《ごうしゃ》な家だけに誰でも焦ると思う。

「つまりあれは、許されること？」

「えっと……」許されるかどうかという視点で見てはいなかったので、戸惑う。「わたし自身は、それほど疑問には感じませんでした」

　叩き方も懲らしめるというより、軽く戒める感じだった。折檻《せっかん》という印象はなく、しつけとしては許容できる範囲だったと思える。

　そのままの姿勢で小さく首だけを縦に揺らし、エミリーは質問をつづける。

「陽菜は、どうしてにんじんしりしりを、払ったと思う？」

「どうして……。ナツミさんの話だと、陽菜ちゃんはふだんはちゃんと食べてるんですよね。どうして今日にかぎってニンジンを嫌がったか、ということですか」

　いいえ、とエミリーはすぐさま否定した。

「そのことに、答えはない。子どもは毎日バラバラ。よくあること」

　小さく笑ったあと、「たぶん、だけど」と悲しげな顔になる。

「その前にナツミ、陽菜に、恥をかかせた。あれは絶対、ダメ。陽菜は傷ついた、きっと」

「恥……?」

すぐには思い出せなかったものの、エミリーがそのときの状況を簡単に説明してくれて、まざまざと思い出すことができた。

ナツミは参加者に向かって、娘はときどきわがままになる、ほかの人がいるから甘えられると思ったのだろうと言っていた。彼女がそう言った理由はすごくわかる。場の空気を和まそうとしたのに加え、恥ずかしさをごまかすためだったかもしれない。けれど陽菜にとっては、唯一の味方である母親に裏切られた気分になってしまった。それがあの反抗に繋がった可能性はある。

「日本人は、ヒトサマの目、すごく気にする。ヒトサマ、すごく不思議な言葉。他人とも、世間とも違う。ピープルとも、パーソンとも違う」

人様──他人を敬う言葉、だけれど、この言葉が持つニュアンスはたしかにとても複雑なものだ。

「わかってる。日本人とひとくくりにする、よくないの。でも、ヒトサマの目を気にして、身内を傷つけるのをよく見る。わたしはこれが、すごく嫌い」

沈痛な表情でエミリーはゆるゆると首を左右に振った。

じつは前回も似たようなことがあったのだという。

前回は陽菜と同じくらいの歳《とし》の女の子が参加していたらしい。親が料理中、彼女たちはふたりで遊んでいたのだが、陽菜が借りた人形を返さず、相手が泣き出す一幕があった。そのときナツミは「ダメでしょ！」と娘を強い調子で叱《しか》り、人形を返すように言い、無理やりあやまらせ、さらに「明日のおやつは抜きにする」といった罰を与える言葉を告げた。

「これも、ヒトサマに迷惑をかけたから、でしょ」

「そう、ですね――」

たしかにそのとおりだ。ただ、ナツミの言動は親としてよくあるものだと思える。せいぜい〝少し厳しい母親〟くらいだろうか。

「ごめんなさい。わたしは独身ですし、よくわからないのですが、ナツミさんの行動には問題があったのでしょうか」

「四つ、ある」エミリーは四本の指を立てた。

それって全部じゃないのか、と呆気《あっけ》に取られるわたしをよそに、彼女は言葉を連ねる。

「大きな声で叱る、よくない。子どもは恐怖を感じて、反発するか、心を閉じる。考えることをしなくなる。恐怖による支配は、その場所か、その人の前でしか通じない。教育の効果は、ゼロ。

人形を返すように命令する、よくない。問題の解決は、子ども同士でさせる。互いの、妥協点を見つける。親はその手助けだけ。命令したり、結論を決めつけたら、ダメ。

無理やりあやまらせる、これもダメ。なんの意味もない。そもそも、陽菜がすべて悪いと決めつけるの、おかしい。相手の子も、譲れるところはあったはず。なにがよくなかったのか、どうすればよかったのか、話し合って、理解する必要がある。これも、子ども同士の話し合いと同じ。

罰を与えるのも、ダメ。人形とおやつ、なんの関係もない。思い知らせる行為は、しつけじゃない。教育じゃない。子どもの人権を無視する、ただの虐待。意味がないし、むしろ逆効果」

すらすらと挙げられる問題点を、わたしは啞然《あぜん》としたまま聞いていた。

そして彼女は、わたしが考える時間を与えてくれた。

自分は子育てをしたことがないし、子育てについてきちんと学んだことはない。それでも彼女の言葉には、素直にうなずける説得力が感じられた。

これまで当たり前だと思っていたことが、当たり前ではないのかもしれないと、気づかせてくれるものがあった。

駄菓子屋という場で、わたしは日々子どもたちと接している。かすがい食堂という場でも。

叱ったりすることはほとんどないけれど、皆無というわけじゃない。親じゃないから、という理由だけで、いままでまったく教育やしつけに関心を向けなかったことを、いまさらながら恥じた。子どもの教育としつけについて、ちゃんと学び、考える必要があるのではないか。

「ようやくエミリーさんの言いたいことが、わかってきた気がします。そして、最初の質問の意味も。エミリーさんは、前回のその人形の一件で、ナツミさんの子育てに疑問を抱いたんですよね。その確認をしたくて、たぶん、日本で生まれ育った人の意見が聞きたくて、わたしを呼んだ。そういうことですよね」

「そのとおりよ。あなたはやっぱり、勘がいい」にこりと笑う。「それでじつは、まずはリュウゼンに、ハズバンドに相談したのよ」

夫の名はリュウゼンというのか！　初めて知った。渋いな。

一連のナツミの行動、しつけの仕方にエミリーは大いに疑問を抱いた。しかし本人に告げることには二の足を踏んだ。異邦人ゆえに、日本の常識、風習、日本人のメンタリティについて正しく理解している自信がなかったことがひとつ。さらに、彼女とは直接の知り合いでなかったこともあった。

ナツミは知り合いの友人であり、いろんな偶然からたまたまオベントウ会に来てもらうことになった。直接会うのはエミリーも前回が初めてだったらしい。

「リュウゼンも、わたしの考えには、同意してくれた。でも『忠告はやめておいたほうがいい』だった。日本では、いいえ、日本だけでもないのだけれど、彼女の行動は、大きい問題に見られない。外国人のわたしが言うと、角が立つかもしれない、だった。そのときは納得したの。でも、やっぱり、気持ち悪くて。とても、不誠実な気がした。それにリュウゼンは、ナツミの行動を直接見ていない。なによりリュウゼンは、変わり者」

エミリーはおどけるようにしかめ面をつくった。

「別の人の意見も、聞きたくなった。だから楓子、あなたを呼んだの。日本で生まれ育って、ナツミと同じくらいの女性の意見も聞きたくて。彼女には、今回も娘を連れてくるように言った。でも、同じことが起きるかはわからなかった。でも、結果は……あー、予定どおり？」

「目論見《もくろみ》どおり？」

「イエス、目論見どおりだった。今日のナツミを見たなら、わたしの言いたいこと、伝わったと思う。楓子は、どう思う？　わたしが感じたこと、考え、ずれている？　ナツミのこと、どうすればいいと思う？」

　どうすれば……、あらためて考える。

　エミリーはとても誠実な人だと思う。日本人だと——という言い方はよくないのだろうけれど——他人の子育てに口出しするのはためらってしまうし、禁忌のようにも感じてしまう気がする。でも彼女は、ナツミのためにも、陽菜のためにも、ほっとけないと思ったのだ。いきなり正義を振りかざさない慎重さもあった。

　とはいえ……、温くなりはじめたコーヒーに口をつけ、思考を整理しながら言葉を綴《つづ》っていく。

「まず、わたしは子育てをしたことがないです。子育てについて、きちんと学んだこともないです。そういう前提で聞いてください。

　日本人はたしかに、他人に迷惑をかけないことを、ことさら重要視するきらいはあると思います。それによって子どもをないがしろにしたり、傷つけたりすることもあると思います。個人の自由が尊重される国の人からすると、奇妙に感じるかもしれませんが」

「誤解しないでね。その考えは、とても大事だし、とてもすてきなことだと思う。『和を以《もっ》て貴しと為《な》す』わたしも好きな言葉よ。でも、それが子どもの可能性をつぶしたり、頭を押さえつけることになってしまったら、ダメだと思う。子どもは、家族にも、ヒトサマにも、迷惑をかけるもの。――楓子、あなたは〝空気を読む〟ほう?」

「え? どうですかね。まあ、人並みには。でも、どっちかというと読まないほうですかね」

「そうね、あなたはちゃんと自分の意見が言えるもの」エミリーは微笑む。「子どもに、空気を読ませようとするの、わたしはちょっと違うと思う。ヒトサマに迷惑をかけない、この言葉は、そこが問題。空気を読んで、自分を表現できないようになるのは、子どもの幸せに繋がらない。好き勝手していい、という話じゃない。相手を認めるし、自分も周りに認めてもらう。それが、多様性」

わたしは考え込んでしまった。

彼女の言葉は、正しい、気がする。でもそんな単純なことだろうかという気もするし、きれいごとのような気もする。同時に、染みついた日本人の血が、常識が、彼女の言葉を拒絶しているのかとも感じる。

理解はあと回しに、わたしはわたしの役割を果たす。

「振り返ってみれば、ナツミさんは、とくに人に気を遣うタイプだったように思います。場の空気を読むタイプ、ですかね。だからこそ娘にも強く当たったところはあると思います」

日本では美徳ともされる気質が、かえって娘を傷つけていたのだとしたら皮肉なものだ。

「ただ――」ひときわ強く、逆接の語句。「ナツミさんになにかを言うのは、やめておいたほうがいい気がします」

やっぱり結論はここに至るかと、自身の心を見つめてため息をつく。わたしの言葉がもしトラブルを引き起こしたらと思うと、やっぱり無難なものへと落ち着いてしまう。

「わたし自身、エミリーさんの話を聞くまでは大きな問題だとは思わなかったんです。だからナツミさんがちゃんと話を聞いて、理解してくれるかどうか……。人の子育てに口出しするなと反発するかもしれません。これが、暴力を振るったり、激しく罵倒《ばとう》したり、虐待と言えるものなら、少なくとも虐待の一歩手前と言えるものなら、わたしもほっとけないとは思いますが」

十中八九なにごともないだろうが、ナツミの性格はわからない。それに彼女は人気ユーチューバーという、ある意味では大きな〝力〟を持っている。もしエミリーの不利益になるようなトラブルが起きたらと思うと迂闊《うかつ》なことは言えなかった。たぶん、夫のリュウゼンも同じことを考えたのではないだろうか。

エミリーが向ける、そのまっすぐな眼差《まなざ》しがつらく、思わず目を逸《そ》らす。

「ごめんなさい。消極的な考えだとは、思うんですが」

「あやまらないで。そうね、さっきは省いたけど、リュウゼンもだいたいそんなこと言ってた。大同小異、ね。似たり寄ったり。煮たり炊いたり」

ぷっ、とわたしは噴き出してしまい、エミリーはけらけらと笑う。

「これを言うと日本人には鉄板でウケるのよ」楽しそうに言って、けれどすぐにまじめな口調に戻る。「それが一般的、常識的？　な感覚なのよね。わかりました。ナツミと話をするのはやめておく。そうね、彼女だって親としてのプライドがあるでしょうし、他人に、とくにわたしみたいな外国人に、とやかく言われるのは、嫌な気分になるでしょうしね」

思いのほかさばさばした様子でエミリーは言った。

自分でその決断を促しておきながら、それでよかったのだろうかという後悔が胸に兆す。けれどその思いを口に出すことはなかった。いちばんいいことかどうかはともかく、いちばん無難な選択であるのは間違いない。

その後はナツミの件に触れることなく、たわいのない雑談をしたあと木村家を辞した。

エミリーが再びナツミを呼ぶことはないはずだし、わたしが彼女と会うことはもうなく、これでこの話は終わるのだと思えた。少しばかり消化不良な気持ちは残しつつも、やがて日常に溶けていくのだろうと。

翌日、誰も予想していなかった出来事が起きるまでは。

＊

夏休みを目前に控え、子どもたちの心も浮き立っているようだった。

彼らの元気が、ただでさえ暑い店内の室温をさらに上げていた。この小さな体のどこにそんなパワーがあるのだと嘆息しつつ、騒がしさに逆に寂寥《せきりょう》を覚えたりもする。夏休みになると放課後の賑《にぎ》わいはなくなってしまう。

子どもたちの熱気に溢《あふ》れた午後三時半、スマホに届いていたメッセージに気づいた。仁からだった。

〈この動画を見てほしい。見たら連絡をください〉という短いもので、〈なるはやで！〉と人差し指を立てたウサギのスタンプと、ユーチューブのURLが貼りつけられていた。

仕事中に、というか客がいるときに動画を見るのはためらわれたけれど、客は大勢いてもひっきりなしに会計に来るわけではなく、見つかったところで気分を害する客はいないだろうと判断した。子ども相手の商売はその点とてもやりやすい。客単価は恐ろしく低いけれど。

いちおうスマホを帳場に隠し、音声は消してこっそりURLを開く。

表示されたページを見るなり、悪趣味なタイトルにわたしは眉《まゆ》をひそめた。〈人気ユーチューバー・ナツミの醜悪な実態〉とある。それだけでもう見る気も失《う》せたのだが、表示されている、動画を切り取ったサムネイル画像から内容に想像がついた。

拒絶感と義務感がない交ぜになった指で、わたしは再生ボタンを押す。

昨日のオベントウ会で、陽菜を叱るナツミの様子を隠し撮りしたものだった。編集で彼女の周りはぼかされていて、場所やほかの人物はわからないようになっていたが間違えようがない。ナツミが娘を叱る様子や、手を叩く様子などがしっかり映し出されていた。いまはミュートしているので聞こえないが、厳しい口調で叱る声も入っているのだろう。

隠し撮りされた短い映像が終わり、引きつづき黒い背景に文字が流れはじめる。ここはさすがに見る気はせず、再生を止めた。

「おばちゃん」

かけられた声に顔を上げると、駄菓子を片手に女の子が立っていた。こちらの手元を覗《のぞ》き込んでくる。

「スマホ？」

「うん、ちょっとね。ごめんね」

「アニメ見てたの？　ダメなんだよ」

「そうだね、ダメだね」

笑みがこぼれる。くさくさした心が浄化された気分になり、この仕事をしていてよかったと思う。

会計を終えたあと、すぐさま仁に〈見ました。なにこれ？〉と送った。

さほど時間を置かず〈詳細は不明。いま仕事中だろうから、暇なときに電話ください。6時までにくれたら助かる〉というメッセージが返ってきた。

気にはなったけれど、さすがに客がいるときに電話をするわけにもいかない。幸いそれから四十分ほどで客足が途絶えたので、その隙《すき》に電話をかけた。

「見たよ。なにこれ？」

瞬間的に動画を見たときのムカムカがよみがえり、声に険しさが交じった。

「わかんない。昨日の夜遅くにアップされたっぽい」

「昨日参加した人の誰かが盗撮したってことだよね？」

「確実にそうだね」

「エミリーさんは知ってるの？」

「うん。というかおれも母さんから教えられたから」

「そうなんだ。もしかして、もう騒ぎというか、炎上してるの？」

「いや、確認したかぎりではそれほど。まあ、人気ユーチューバーといってもほとんどの人にとっては『誰？』って感じだろうし、品のないサイトが嗅《か》ぎつけた様子もないし」

それに昨日エミリーにも語ったことだが、実際、虐待というほどのものではない。スーパーや電車や飲食店などで、たまに見かけるきついお母さん、というくらいのものだ。子ども向けの料理を発表し、ネット上で「いいお母さん」として売っているとはいえ、炎上の燃料とするにはパンチの弱さは否めない。

「でも、本人にとっちゃたまったもんじゃないよね。人気商売なんだし、非難は避けられない」

「もうカンカンだよ。怒り、心臓に達するじゃなくて」

「心頭に発する」

「それそれ。心頭に発したナツミさんから母さんに連絡が入って、それでおれのところにも情報が回ってきた。今夜、ナツミさんがうちに来る」

「そうなんだ」

「母さんに説明を求めるためだと思う。こっちだってなにがなんだかさっぱりなんだけど、ナツミさんにしてみれば、嵌《は》められたように感じたのかもしれない」

「ああ、そっか。それはなんとなくわかるかも」

エミリーが会の主宰者だ。ナツミとしてみれば、彼女に説明を求めたくなるのもわかる。

「でさ、もしよかったら楓子さんも来てくれないかな」

「え？　わたし？」声が裏返る。

「たぶん取っ組み合いの喧嘩《けんか》にはならないと思うけど、いちおう第三者がいたほうがいいと思うんだ。チェアマンというか、オブザーバーというか。楓子さんなら両者とも深い関係ではないし、かといって昨日の会と無関係でもない。ちょうどいいかなって」

うう〜、と唸ってしまう。

首を突っ込みたがるとよく言われる質《たち》だが、今回ばかりはできれば巻き込まれたくはなかった。わざわざ火中の栗《くり》を拾いたくはない。ギスギスするのが必至の場所に赴くのは、たとえ傍観者でも胃に悪そうだし、流れ弾が飛んでくるかもしれない。

とはいえ「わたしは無関係ですから！」と言い放つほどドライにもなれなかった。

「うん、わかった。わたしでお役に立てるなら」

「声が死んでるけど大丈夫？　無理にはいいよ、無理には」

「失敬な！　これまでどれだけトラブルに巻き込まれたと思うの？　怒鳴り込まれたり、対決したり。場数が違うんだからまかせて」

「ありがとう。ただ、べつになにもしなくていいから。ふたりがヒートアップしたらなだめる係で」

「了解」

場を掻《か》き回さないようにだけ心がけよう。

電話を切ったあと、大きなため息がこぼれた。時間はないけれど、それまでに自分にできることはないかと考える。しかし思考が上すべりするばかりで、なにも思い浮かばない。

閉店を迎え、祖母と食事をしながら事の顚末《てんまつ》を伝え、自宅に帰る代わり、わたしは二日連続で高級マンションへと向かった。

けっきょく、これといった事前の備えはなにひとつ思いつかずに。

昨日と同じく玄関で出迎えてくれたエミリーはやはり、憂いを帯びた顔をしていた。わたしが承諾したあとに仁から話を聞いたこと、申し訳ないとは思ったけれど楓子がいてくれるとたしかに心強いと、廊下を歩きながら彼女は語った。

「ふだん、日本語の会話は困らない。でも、今日は普通じゃない。日本の考え方や、価値観、やっぱりまだ、わからないこともある。本当に助かるわ」

「いえいえ。日本には〝乗りかかった船〟って言葉もありますし」

「じゃあ、黒船に乗ったつもりでいいのね」

「それを言うなら大船です。や、大船でもないんですけど……」

「泥船？」

「せめて小舟にしてください」

リビングに案内され待つこと十分、ナツミがやってきた。

腹を立てているというより、硬い表情のなかに憔悴《しょうすい》を滲《にじ》ませている。わたしの存在に気づき、眉をひそめる彼女にエミリーが説明する。

楓子もまた昨日の場に居たので、無関係ではない。彼女とは知り合いだがそれほど深い仲ではなく、自分の味方をするように頼んではいない。そしてふたりきりの話し合いでは対立してしまうと収拾がつかず、不毛な議論になりがち。三人が最も建設的で、活発な議論ができる、というようなことを言っていた。

その理屈が本当かどうかはわからないけれど説得力は抜群で、ナツミはわたしの同席を了承してくれた。

テーブルではわたしとナツミが向かい合い、ふたりを斜めに見やる進行役のような位置にエミリーが座った。対立しているふたりが向き合わないよう、あえてそういう配置にしたのかもしれない。

ナツミが口火を切る。

「あの動画を上げた犯人はわかったんでしょうか」

「おおよそは。けど、まだ確認はできてないの。いまも息子の仁が動いてくれている。もう少し待ってほしい」

「大変失礼だとは思いますが、こうなった以上はっきりさせておきたいんです。あの動画を撮るためにわたしを二回呼んだんじゃないんですか。つまり、あなたが首謀者ではないんですか」

煽《あお》られてもエミリーは表情を変えず、静かに首を振った。

「ありえない。そんなこと、まるで考えていなかった」

「あなたを信用して、いいのですか」

「わたしを信用してほしい。わたしは、ナツミの味方」

ナツミは鼻から大きく息を吐き出した。

「とりあえず、そういうことにしておきます。証拠はないですし。でも、だとしても、主宰者のエミリーさんにも責任の一端はありますよね。先ほどから謝罪のひと言もないのはおかしくないですか。責任を感じていないのですか」

「わたし？」不思議そうな顔でエミリーは自分の胸に手をあてる。「わたしがなぜ、あやまる必要があるのですか。今回の件に、わたしは関わっていない。仁も関わっていない。だから、わたしがあやまるのは絶対によくないこと。わたしを、信用してほしい」

エミリーの言葉のほうが筋が通っているなと感じる。

こういう場合とりあえず謝罪しておけ、と考える人もいるだろうが、それは往々にしてなんの解決にもならない。むしろ事態を悪化させる一因にもなりうる。今回の一件でエミリーの監督責任を問うのは筋違いだし、それは参加者を子ども扱いしていることにもなる。

自分の要求が難癖だと気づいたのか、ここは引くのが得策だと感じたのか、ナツミは取り繕うように渋面をつくったものの、それ以上追及することはなかった。

「それよりも――」エミリーが握りしめた両手をテーブルの上に載せる。「建設的な話をしましょう。あの動画を上げた人は、わたしも許せない。どんな理由があっても、許されないこと。それはナツミと、同じ気持ち。でも、上げた人の意図は、理解できる。間違った方法だとしても、その人の正義は、理解できる」

ナツミは憮然《ぶぜん》と答える。

「たしかに少しは声を荒らげました。咄嗟《とっさ》に手も出ました。でも、子育てをしているお母さんなら誰でもあることですよね。エミリーさんなら理解していただけますよね。そちらの、春日井さんは？」

「え？　あ、わたしは独身ですし、子どももいません」

「そうなんですね。でしたらご理解いただけるかわかりませんけど――」

あれ？　なんか軽く理不尽なマウント取られた気がするんだけど、気づかなかったことにしよう。

「そんな、糾弾されるようなことですか」

鼻息荒くナツミは告げ、エミリーは何度も大きくうなずいた。

「わかる。わかる。わかる。イライラしてしまうのも、大声を出してしまうのもわかる。本当にこの生き物はなんなの？　と思うことばっかり。でも、子どもに怒りをぶつけてしまったら、負けなの。べつに、道徳で言っているわけじゃない。けっきょく自分が、損をするから。今回は、陽菜がにんじんしりしりを食べなくて、それがきっかけだった。でも、無理に食べさせる必要はあった？」

「無理に食べさせようとしたわけじゃありません。あの子、家では何度も食べてたんです。それなのに昨日にかぎって。それで、つい……」

「沽券《こけん》に関わるから？」

ときおりエミリーは難しい日本語をさらりと言い、その言葉は強い力を放つ。

ナツミはわずかに狼狽《ろうばい》を見せた。

「べつに、沽券とか、そういうのではないです。けど、なんで今日にかぎって食べないのかと焦って、そう、焦ってしまって」

ナツミのごまかしは残念ながら成功はしていなかった。講師として招かれ、得々と料理を披露しておきながら、実の娘がその料理を拒否したのだから。あのとき彼女はたしかに恥ずかしさや、もっと言えば恥をかかされた怒りを娘に覚えたはずだ。

ううん、とエミリーは優しい顔で首を振る。

「あの状況で、あなたが娘にイライラしてしまったのは、当然だと思う。それが、普通。プライドを傷つけられたと思うし、その怒りをぶつけたくなる。すごくわかる。でも、そこで大きな声で叱ったり、叩いたりしたら、それはしつけではなくて、暴力」

「暴力……」初めてその言葉を聞いたように、ナツミは激しく眉根を寄せた。

「ええ。しつけとは、子どもの人生を、よくするため。子どもの人生を、豊かにするため。叱ったり、怒鳴ったり、叩いたりは、しつけではなくて、ただ思い知らせるため。子どもの考える力は、育たない」

「それは、きれいごとじゃないですか。厳しく叱らないと、言うことを聞いてくれないこともあるじゃないですか」

憮然と、つぶやくように言ったナツミの言葉は、以前のわたしなら共感していたと思う。いまだって、そういう考えを完全に捨てきれない自分もいる。

反論を受けてもエミリーは静かな微笑みを浮かべていた。

「わたしも、そう思っていたときがあった。ときには厳しくしないとダメだって。タイムアウトもよくした。子どもをひとりにして、反省させるやり方。でも、罰を与えることはなんの意味もない」

んー、とエミリーは自らのあごに人差し指をあてた。

「なにから、話すべきかしら。繰り返すけど、あなたはニンジンを無理に食べさせようと――」

「ですから――」エミリーの言葉をナツミは遮る。「べつに無理に食べさせようとは」

いや、とわたしは片手を軽く上げて発言する。

「経緯や状況はどうあれ、無理に食べさせようとはしていましたよね。陽菜ちゃんは嫌がってましたし」

ナツミは、きっ、とわたしを見つめ、反論しようと口を開いたが声帯を震わせることはなかった。

水かけ論になりそうなとき公正なジャッジを下すのがわたしの存在理由だし、まず最初の役目は果たしたなと満足する。けっして先ほどマウントを取られた意趣返しではない、けっして。

「そうね。無理に食べさせるのは、かえってダメなこと。でも、それがいいか悪いか、その話をいま、したいわけじゃないの。あなたはさっき言った。叱らないと、厳しくしないと、子どもは言うことを聞かないって。本当に、そう思う？」

「体罰とかは、絶対にダメだと思いますよ。叱ったりも、なるべくしないようにしています。でも――」居心地悪そうにナツミは視線をさまよわせていたが、だんだん言葉に力が籠《こ》もってくる。「ときには厳しくすることも大事ですよね。甘やかしてばっかりだと、わがままな子に育ってしまう。実際、陽菜はけっこうわがままが目立つようになってきてて」

「あなたも、そう育てられたから？」

「まあ、うちの親は厳しかったです。ビンタくらいは平気でされましたから。昔は反発していましたけど、親になってみると、それも必要なことだったと思うようになりました」

エミリーはとても悲しげな顔で、ゆるゆると首を振った。

「ナツミは、大きい、大きい勘違いをしているわ。叱らないことと、甘やかすことは違う。わがままを許すことは違う。叱らずに、でも、断固と拒否することはできる。話し合って、子どもに考えさせることはできる。――あなたは、会社で働いた経験はある？」

脈絡のない質問にナツミは「え？」と戸惑った声を出したものの、「以前は――」と答えた。

「いまはもう辞めて、専業主婦というか、ユーチューバーとしていくらかは稼いでますけど」

「ありがとう。経験があれば想像できると思う。あなたは会社でちょっとした失敗をしたの。その失敗を上司が、同僚の前で披露して、晒《さら》し者にした。あなたはその上司のこと、どう思う？」

「軽蔑《けいべつ》します。信用できない人間だとレッテルを貼りますね」

あなたは？　という感じでエミリーが見つめてきたので、わたしも答える。

「軽く殺意を覚えますね。はらわた煮えくり返らせながら、いかにして復讐《ふくしゅう》するか策を練りそうです」

「わたしもそう。殺意までは覚えないけれど」ふふっとエミリーは笑った。「じゃあ、その腹が立つ上司の言うことを、ナツミは聞く？　その上司がどんなに素晴らしい助言をくれても、あなたはその言葉を素直に聞ける？」

「素直には、無理ですね――」間髪を入れずナツミは答えた。「なにを言ったか、ではなく、なにをやったかで人を判断するようにしていますから」

まあそうだな、とわたしも思う。自分が損をしない範囲で、どれだけその上司に逆らうかを考えそうだ。

「ええ、それが普通よね。でも、あなたは同じことを陽菜にしたのよ」

「え？」

ナツミの発した声は、戸惑いよりも怪訝《けげん》さの目立つものだった。けっして責める口調ではない、優しさに満ちた声でエミリーは言う。

「きっと、周りの人に気を遣ったのだと思う。陽菜に対して『ときどきすごくわがままになる』『ほかの人がいるから甘えられると思ったのか』と言った」

仕事を終えてから、わたしはもういちどだけ例の動画を音声つきで見ている。昨日エミリーとの会話にあったナツミの発言を、くしくも動画のおかげで確認することができた。

エミリーはつづける。

「でも、陽菜にしてみれば、とんだ言いがかり。たとえ事実でも、彼女は恥をかかされたと思ったはず。その瞬間、あなたは敵になった。敵の言葉はなにひとつ聞かなくなっちゃう。叱るのも、おんなじ。怒鳴ったり、机を叩いたり、罰を与えたら、その瞬間、親は敵になる。暴力といっしょ。子どもはすぐにカチカチの塊になっちゃう。自分を守るために。それが人間の本能。敵の言うことは、絶対に聞いてくれない。むしろ反抗して、逆のことをしちゃう。

人の目があるところで叱るのは、二重に、ダメ。人前で恥をかかされて、しかも暴力を振るわれて、混乱してしまう。泣くか、暴れるか、心を閉ざすか。そうなったらもう、あなたの言葉は届かない。ナツミが、あのとき陽菜にしたのは、そういうこと」

だから陽菜はにんじんしりしりを払った。彼女自身も混乱していたから。

「だから子どもにしつけをするには、言って聞かせるには、まず、完全に味方にならなきゃ。そのプロセスを飛ばしたら、絶対にうまくいかない。とても、とても、とても大変だけどね」

しみじみと実感を込めてエミリーは言った。きっとこれまでいろんな苦悩を重ね、試行錯誤を繰り返したんだろうなと思える声と表情だった。

わたしは子育てをしたことがないし、きちんと学んだこともない。けれど彼女の言うことはすとんと腹に落ちた。なぜなら、大人も同じだから。

しつけは、教育は、恐怖や懲罰による支配ではない。絶対に、確実に。

彼女がナツミの行動に疑問を持ち、ほっとけないと感じたこと。その理由を、その意味を、ようやくきちんと理解することができた。否、理解の入口に立てたと思える。

ナツミはテーブルの上で結んだ両手を、じっと見つめていた。そのこぶしにエミリーはすっと手を伸ばし、重ねた。包み込むような微笑で告げる。

「今日、それだけを伝えたかった。叱ったり、怒鳴ったり、叩いたりしちゃダメ。無理やり食べさせるのも、ダメ。それは甘やかすことではない。ダメなことはダメと、しっかり伝える。そのために、まず、陽菜が話を聞いてくれる状態をつくるの。味方になることは、子どものわがままや、いたずらを、認めることじゃない。寄り添って、お互いに納得できる答えを、考える。陽菜といっしょに」

ナツミはいま、自分の両手ではなく、添えられたエミリーの手をじっと見つめている。

「無理ですよ……」その声はとても悲しげなものだった。「ついカッとなって、大きな声を出してしまうんです。ずっと、そうやって育てられてきたからですかね」

「わたしだって、そう」エミリーは優しく笑う。「子どもは、モンスター。理解できないし、腹が立つし、いつもイライラさせられる。そんなときは、大きな声を出したり、手が出そうになる。みんな、そう。わたしも、そう。だからタイムアウトを、よくしていた。

でも、それも間違っていると、あとで気づかされた。子どもを部屋に閉じ込めるのは、わたしの感情を、鎮めるため。手を出したり、大声を出したり、しないように。子どものためじゃない。だって、部屋にひとりにしても、子どもは反省しない。罰を与えられたと思うだけ。

大丈夫。感情をコントロールする方法は、ちゃんとある。いろんなテクニックが、ある。わたしも、勉強して、練習して、少しずつできるようになった。あなたは、陽菜のことを愛している。だったら絶対に大丈夫。あとは、その愛を正しく活かす技術を、身につけるだけ」

ナツミはなにも答えなかったけれど、エミリーの言葉がたしかに届いているのは伝わってきた。

ふと、思う。子どもができたから、人は親になるわけではないのだなと。反省して、学んで、練習して、少しずつ親になっていく。

いずれにしてもエミリーは子育てだけでなく、しつけ、教育における暴力を徹底して否定している。それは一般的にイメージされる肉体的な暴力だけではなく、威圧したり、叱りつけたり、怒鳴ったり、大きな音を立てたり、罰を与えたり、そういった一切合切を含めてだ。

それも崇高な理念からではなく、科学的に無意味であると切り捨てている。でも、その基準で考えるなら、教育の名の下におこなわれる間違った暴力が世の中には溢《あふ》れている。小学校・中学校・高校でも、家庭でも、会社でも、ありとあらゆる組織で平然とおこなわれている。

子どもが悪いことをしたら、部下が失敗をしたら、叱りつけるのが当たり前だと思っていた。それが本人のためになるのだと。罰を与えるのは効果的な方法だと。

その根本が揺らぐのなら、この世界の歪《ゆが》みはどれほど大きなものなのか。

このあと話し合いは「今回の騒動を受けて、ナツミ自身はどう対処するべきか」へと移行した。

ここまではほとんど存在意義のなかったわたしだが、元映像屋としての知見、前の職場で少しばかり炎上案件に関わった経験を活かし、有用な助言ができたと自負している。

今回の騒動が炎上案件と呼べるかは微妙だけれど、こういった事案では、当事者が「なにが悪かったのか」を正しく理解できるかどうかが肝だ。そこを理解せずにおこなう上辺だけの謝罪はいちばんの悪手である。火に油をそそぐだけで、一流企業の炎上でも何度となく繰り返されている。

今回の件ではナツミが「なにが悪かったのか」を正しく理解したうえでのスタートだったので、話し合いはスムーズに進んだし、とても有意義なものになった。

そこで初めて、エミリーはそこまで考えたうえでこの話し合いに臨んだのかなと気づき、その知力と策士っぷりに震えた。

夜更けに、三人は笑顔で握手をして別れた。

＊

「こんにちはー」

店の戸口でナツミこと原田菜津美《はらだなつみ》がはにかむように言って、一礼した。

「ああ、いらっしゃい！　お待ちしてました」

「少し、早かったですかね」

「いえいえ、ちょうどいい頃合いです。——陽菜ちゃんも久しぶり」

手を振ると、「こんにちは」とはっきりした声で挨拶する。

「えっと……」菜津美は駄菓子屋の店内を見渡す。「キッチンは、どちらに」

「のれんの奥です。キッチンというより台所って感じですけどね。全員じゃないですけど、もう何人かは来てますよ」

本日はかすがい食堂の日であり、原田親子は特別参加することになっていた。

例の告発動画騒動から半月あまりがすぎた。

事件の犯人の素性については、プライバシーに関わることなので具体的なことは教えられていない。ただ、動画を撮影していたのは参加していた子どものひとりだったと聞いている。どういう経緯かは不明だが、すでにスマホで録画をしていたときにナツミと娘の例のやり取りがあり、その子は興味本位で撮影したのだという。

彼は——性別も聞かされていないけれど、その後の経過も含めて中学生以上の男子であることは間違いなさそうで、あの子かなと、ある程度の想像はついていた——帰ってすぐ、撮影した動画を近所に住む知り合いに見せた。高校生の男の子で、ゲーム実況動画などをネットに上げている人物らしい。

その時点で撮影した彼も「ネタ」になるのではと思っていたのは間違いなく、案の定高校生の彼も食いついた。

人気ユーチューバー、しかも「いい母親」ぶっている彼女の醜い実態を曝《さら》せば、絶対にバズると考えた。動機としてはそれ以上でもそれ以下でもない。「ナツミ」の存在はそのとき初めて知ったわけで、個人的な恨みがあるでもなく、ただただおもしろがっての行動である。

撮影者の推定は、わりと早い段階でエミリーはできていたようだ。

そのときの人物配置の記憶や、不自然にスマホを持っている人物に覚えがないかを何人かに問い合わせ、照らし合わせれば、犯人はかなり絞られてくる。行為の幼稚さから、おそらく子どもの仕業だろうなとも推測できた。

わたしとエミリー、ナツミの三人で話し合いがおこなわれていた夜、裏では仁が動画の削除に動いてくれていた。仁が彼らとどのような交渉をしたのかまでは聞いていないが、その日のうちに無事、動画は消えていたようだ。犯人のふたりにしても、思ったよりバズらず肩すかしだったのかもしれない。

告発動画の削除は確認したうえで、それでもナツミは翌日に謝罪動画を上げた。いちどネットに上がったものはコピーが出回る可能性がある。すぐさま対応するのは必要なことだった。

謝罪のなかで、告発動画の存在とその内容をナツミは包み隠さず説明した。ついイラッとなって声を荒らげてしまうこと、軽くとはいえ手を上げてしまうことがあると素直に認めていた。それがどれほどいけないことなのか、ダメなことなのかを、ある知り合いに教えられたこと。好き嫌いをなくすことが娘のためではなく、自分の料理の腕を試すための自己満足に陥っていた可能性。娘との対話を増やしながら、少しずつ自分を変えていきたい、ということを語っていた。

必要以上に卑屈にならず、反省の素振りを過度にアピールすることなく、冷静に、けれどちゃんと自分の非を認め、謝罪すべきところは謝罪し、これからどうしていくのかをきっちりと自分の言葉で語る、いい動画だったと思える。

もともと派手に炎上したわけではなかったので、この謝罪動画で告発の存在を知った人も多かっただろう。動画に寄せられたコメントは、一部には捻《ひね》くれた、悪意に満ちたものもあったが、数としては圧倒的に好意的なものが多かった。「そんなのぜんぜん気にすることないですよ。どの親だって当たり前にしてます」と擁護するコメントも少なくなかったが、それはナツミが語った精神とは反するものだ。問題の根深さをあらためて考えさせられた。

登録者数が目に見えて減ることはなく、むしろ増えたくらいで、彼女は以前と変わらず料理系ユーチューバーとして活躍している。

その後ほどなく、ナツミこと原田菜津美からメールが届いた。

話し合いの席では礼を失した態度を取ってしまったし、恥ずかしい言動もしてしまった。にもかかわらず、謝罪動画の件では貴重なアドバイスをたくさんいただけた。そのお礼がしたいと、要約すればそのようなメールだった。

それならとわたしは提案したのだ。いちどかすがい食堂に来て、料理を教えてくれないかと。それがいちばんみんなも喜ぶからと。


のれんの奥にある土間の台所を目にすると同時に、菜津美から「へー」と飾りけのない言葉が漏れた。そして「たしかにキッチンというより、台所ですね」と小さく笑う。嫌みのない笑いだ。

「こういう台所、いちども使ったことはないのに、なんだかなつかしさを覚えます。たしかに古いですけど、でも、とても使いやすそうです。整理整頓《せいとん》もされてますし」

「調理スペースの狭さはどうしようもなくて、いただけないんですけどね」

「キッチンは創意工夫ですよ。わたしも不満だらけですし、エミリーさんのところみたいなアイランドキッチンに憧れますけど、羨《うらや》んでも広さは変わりませんから」

そう言って菜津美は屈託なく笑った。ナツミという仮面を脱ぎ捨てた素顔を、初めて見せてくれた気がした。

第三話　食卓推理「黄泉《よみ》がえる母親」

秋の日は釣瓶《つるべ》落とし。

十月になり、かすがい食堂をはじめる時刻にはすっかり日が暮れるようになった。下町といえどもここは世界に冠たる大都市、花の都大東京、日が暮れても道は明るい。商店街はもっと明るく、スーパーマーケットのなかはさらに明るい。

「まっさきにスーパーに来るのも変な感じですね」

璃久《りく》が言い、翔琉《かける》も同意する。

「うん。ほとんど記憶にない」

そうだね、とわたしもうなずいた。たいていは青果店や鮮魚店、精肉店など個人商店に寄ってから、最後にスーパーへ行く。

今日にかぎって個人商店に寄らなかった理由は単純だ。今日の買い物はすべてスーパーで完結するからだった。

おそらくこの系統の食品は、スーパーやコンビニ以外ではほとんど売っていないのではなかろうか。特別というほどでもないが、それでもある特殊な設備が必要だからだろう。

特定の食材ではない。「ジャンル」と表現すべき食品群だ。

買い物を終え、買ってきた商品をテーブルに並べる。

今日ばかりはなにもすることがなく、ただ待っていた祖母の朝日、亜香音《あかね》、ティエンが覗《のぞ》き込み、「おぅ……」と小さく感嘆の声を上げた。

「本日は予告どおり《かすがい冷凍フェス》です！」

今回のおかずは冷凍食品だけであり、みそ汁を除けば使う調理器具も電子レンジのみ。言うまでもなく初めての試みだった。

きっかけは先週のかすがい食堂での、璃久との会話だった。

宮原家では姉の三千香《みちか》が料理を担っているが、冷凍食品が食卓に上ることはまったくと言っていいほどないらしい。当然金銭的な問題はあるだろう。しかし最近の冷凍食品は驚くほどおいしくなっているし、種類も増えていると聞く。ものによっては食材からつくるより安上がりになる場合もあるはずだ。調理は言わずもがな簡単で、時短にもなる。

ただでさえ負担がかかっている三千香のためにも、うまく冷凍食品を使ってもいいんじゃないか、という話になった。

とはいえ、わたしも食事はたいてい祖母といっしょで、冷凍食品を利用する機会はほとんどない。そこで璃久が参加する一週間後のかすがい食堂は、おかず系の冷凍食品だけでやってみよう、ということになったのである。

璃久がかすがいに来るようになって三ヵ月が経《た》ち、彼はすっかり馴染《なじ》んだが、三千香とは相変わらず没交渉である。璃久に聞いたところ、とくに変わりはないらしい。

彼女の負担が心配にはなるけれど、誰にも頼らず回っているならば他者が干渉する理由もない。冷凍食品の件は璃久に家族で話題にしてもらい、それがきっかけになってくれれば、くらいに考えていた。

ふだん利用していないものは、それが役立つときにも思いつけないものだ。冷凍食品という選択肢もあるのだと、意識の片隅にあるだけでも違ってくる。

「へえ、けっこういろいろあるんやね」

亜香音が商品を持ち上げながら感心している。

今回購入したのは、鮭《さけ》の塩焼き、カニクリームコロッケ、メンチカツ、イカ天ぷら、グリルチキン、そして豚汁の具である。

冷凍食品はやはりお弁当需要が高いのか、それを意識した商品が多い。今回選んだなかにもお弁当向けの商品があるが、なるべく家ごはんのおかずになりそうなものを選んだ。

いつも行く商店街のスーパーでは扱っていないものの、これはぜひ試してみたいと思った商品はあらかじめ購入しておいた。保存の容易さ、期間の長さも冷凍食品の利点である。

わたしは、パンッと手を叩《たた》いた。

「よし、じゃあさっそく腕によりをかけて料理しよう」

「レンチンするだけやん」

ツッコミありがとう亜香音。

冷凍食品でも焼いたり揚げたりなど調理が必要なものもあるが、今回は簡便さにこだわり、電子レンジだけでつくれるものを選んでいる。

いっそごはんもレンジでつくるパック飯にしようかとも考えたけれど、コストがかかりすぎるし、あらためて試してみる必要もないので普通に炊くことにした。汁ものは下調べのときに冷凍の「豚汁の具」なるものを見つけ、これはよさげだと試してみることにした。こちらも冷凍の具材を鍋でゆでて、みそを溶かすだけの簡単レシピだ。

祖母とティエンが豚汁班、残りがおかず班で、さっそく璃久が疑問を呈する。

「これって、どれから温めるべきですかね」

多くの家がそうであるように、うちもレンジは一台しかない。

「冷めても問題ない、というかおいしさの損なわれにくい料理から、かな」

「鮭の塩焼きかな」と翔琉。

「次はイカ天ぷらですかね」と璃久。

「まかせる」とわたし。

さっそく取りかかる。チンするのを待つだけなのは気楽ではあるけれど、さすがにこれだけあると暇を持てあます。レンジの連続使用には制限があって、その点を少し心配していたが、無事にすべての食材を温めることができた。

温められた食材を食卓に並べる。プラスチックケースそのままだとさすがにあじけないので、きちんと皿に盛って、それを自由に取り分けて食べるスタイルにした。

「いただきます！」

まずはほかほかがおいしそうなメンチカツから。

いかにもお弁当のおかずになりそうな一品だ。ほくほくのメンチ部分には肉の旨《うま》みがたっぷり詰まっていて、冷凍であることを忘れさせてくれる。衣に若干の違和感を覚えるけれど、全体の味わいを損ねるほどではなかった。そのまま食してもいいし、とんかつソースを少しつけてもいい。わたしの好みは後者だった。もりもりごはんが進む正義のおかずであり、お弁当だけに利用するのはもったいない。最近の冷凍食品はやっぱりおいしい！

同じくメンチカツを咀嚼《そしゃく》しながら「うん、いけるね」とつぶやいたあと、ふいに亜香音がわたしに顔を向ける。

「メンチカツで思い出したけど、そういや夏蓮《かれん》ちゃんの声優はどうなったんやろ。なんか聞いてる？」

「ちょっと待て」わたしは右手を上げる。「メンチカツと夏蓮、あるいは声優とどう繫《つな》がるの？」

「あたしの頭んなかでは繫がってる。あいだにふたつくらい挟んでるけど全部説明する？」

「いや、いいや。——そして、みんなごめん」素直に頭を下げる。「このあいだ夏蓮から連絡があったのに、みんなに報告するのをすっかり忘れてた。夏蓮は無事、事務所オーディションに合格しました！」

おお！　と歓声が上がり、拍手も起きる。彼女とは最初にいちど会ったきりで、交流のない璃久も飾りけのない笑みを浮かべていて、わたしもまた嬉《うれ》しくなる。

次は冷凍の具でつくられた豚汁を手に取る。

食すなり、うん！　とうなずいた。すべての具材を食しても感想は変わらない。ごぼう、里芋、大根、ニンジン、白ネギ、どれも違和感なく豚汁のそれだった。想像を超えた完成度である。豚汁特有の、食材のさまざまな滋味が渾然《こんぜん》となったみその風味までは無理だとしても、冷凍の具だと言わずに出したら気づかれないと思う。

寒い時期はときおり豚汁が無性に食べたくなるが、具材の下ごしらえにかなり手間暇がかかる。大家族ならともかく、ひとりふたり用につくるには面倒くささが先に立つ。かといって外で食べようとすると意外とお金がかかる。冷凍の具ならあの手間暇から解放されるし、コストも抑えられる。これはありだ。

唯一の難点は、料理名のタイトルにもなっている〝豚肉〟がさっぱり見当たらないこと。コストとの兼ね合いになるけれど、豚肉だけなら下ごしらえに手間はかからないし、別で追加してもいい。

今度は璃久が発言する。

「ぼくもメンチカツで思い出したことがあるんです――」きみもか。「少し長くなりますけど、いいですか」

わたしは、へぇ、と密《ひそ》かに驚いた。雑談にも自然に加われるようになった彼だが、いまだ敬語は崩さないし、自ら率先して会話を主導するのは珍しい。

「珍しいやん」と亜香音も言う。「オチのない話はやめてほしいけど」

「ええ、オチがないんです。だからずっと気になってて。少し気味が悪い話なんですけど」

「え？　ホラー系？」わたしは身構える。「怪談の時期はすぎたんだからやめようよ」

「あかんて。興味出てきた。璃久、話してくれるか」

亜香音の言葉を受け、璃久は言い訳するように告げる。

「あの、そんな怖い話じゃないです。ただ、不思議というか、不気味というか」

やっぱり怖い話じゃないかとも思ったが、せっかく積極的になっているのに止めるわけにもいかなかった。

「小学五年生の夏休みだったから、二年と少し前のことですね。同じクラスに本間《ほんま》すみれって名前の女の子がいたんです――」

璃久とすみれは親しかったわけではなく、ただ顔と名前を知っている程度の関係だったそうだ。

夏休みのある日の夕刻、璃久は路地で泣いているすみれと偶然出会う。

「詳しくは本題と関係ないので省きますけど、ぼくは困っている彼女を助けたんです。それで本間さんはすごく喜んでくれて、お礼をしたいから家に来てほしいと言ったんです」

いまとなっては細かいやり取りは覚えていないらしいが、璃久は戸惑いつつも彼女の家に行くことになった。

自宅にいたすみれの母親も経緯を聞いて感謝してくれて、璃久はそのまま夕食をご馳走《ちそう》になることになった。ちゃんと自分の家にも連絡して、母親の了承は得たという。そのあたりはまじめな璃久らしい。

「料理はとにかくたくさんあって、豪勢だったという記憶はあるんですけど、細かいところまでは覚えていません。ただ、いまでもはっきり記憶に残っている料理があって。それがメンチカツに似た料理だったんです」

それで璃久は、この出来事を先ほど思い出した。

料理の詳細をすみれの母親から聞いたかどうか、それははっきりしない。とにかくイカと、おそらく野菜を使った料理で、それらの食材をメンチカツのように揚げたものだった。

「イカのプリッとした食感が独特で、それまでまるで味わったことのない料理でした。とにかくすごくおいしくて、強烈なインパクトがあって、鮮明に覚えています。本間さんの母親が、昔からよくつくる馴染みの料理だと言っていたのも覚えています。当時、その母親のオリジナル料理なのかなと思ったんですけど、実際のところはわかんないです」

その後、夏休み中に再びすみれと会うことはなく、新学期を迎えた。そして二学期早々、すみれが転校したことを聞かされる。

「別れの挨拶もなく、先生から『彼女は転校しました』と話があっただけです。彼女と仲のよかった女子も初めて聞いたみたいで、泣いてる子もいました。理由とか、詳しい説明はなかったと思います」

それからさらに一週間ほどがすぎ、友達との会話で本間すみれのことが話題に上った。璃久はなんとなく、夏休みに彼女の家で夕飯を食べたことを告げた。

「そしたらその友達が、それはおかしいと言うんです。彼女は父親とふたり暮らしで、母親はいないはずだと」

「えっ……」

思わず声が出る。気味の悪い話だと言っていたのを思い出した。

亜香音がつまらなそうに言う。

「そんなんお手伝いさんとか、再婚、はしてないとしても、いっしょに住んでる人がおってもおかしくないやろ」

「それが、本間さんと母親はすごく似てたんですよ。こんなに似ている親子もいるんだなと、小学生ながらに思ったくらいですから。絶対に血の繋がりはあったと思います。それに本間さんは、普通に『お母さん』と呼んでたんです」

なにそれ、と震えた声が出た。秋の寒さではない冷気が畳の下から這《は》い上がってくる。

少しでも体を温めようとグリルチキンを頰張る。

試食する冷凍食品を選ぶにあたって、どこのスーパーでも多種の商品が大量に並ぶ唐揚げとギョウザとシューマイはあえて外していた。王道はあえて試さなくていいかな、という理由だ。そのなかで唐揚げとは似て非なるグリルチキンを選んでみた次第である。

唐揚げが人気ならここは鉄板かと目論《もくろ》んでいたが、やっぱりうまい。鶏肉《とりにく》のむちむちとした食感、甘みのある味わいが口中を幸せで満たしてくれる。パリッとした皮や香ばしさまでは復元できていないものの、おいしさの再現性は文句なしの合格点。ごはんのおかずとしてもばっちりだ。やはり肉と冷凍の相性はいいのだろう。

不審げに眉《まゆ》をひそめながら祖母が会話に参加する。

「その、友達の言葉は本当だったのかい。母親はいないっていうのは」

ナイスおばあちゃん。子どもなら勘違いもありうるし、それならなんの不思議もない。

しかし璃久は「はい」と力強くうなずいた。

「ぼくはそのとき、友達に嘘《うそ》をつかれてるって思ったんですよ。そんなことあるわけないって。だから本間さんといちばん仲のよかった子に確かめました。そしたらさらに意外なことがわかって。本間さんの母親はその二年前に亡くなっていたんです」

「ねえ――」わたしは無理やり明るい声を出した。「もうこの話やめない?」

「あかんて」亜香音が反論する。「いまここでやめたら、よけいもやもやするで」

まあ、それもそうかと納得する。

その仲のよかった子――すみれの友達なので、仮にトモコと呼ぶことに決まった――トモコは本間家に何度も遊びにいったことがあり、いろいろなことを知っていた。本間すみれの母親は近所にある老舗《しにせ》の呉服屋の娘だったらしい。しかしそのイメージとはうらはらに、ひとりで雪山に登ったりするほどアクティブな人だった。その代わり料理はあまり得意ではなかったという。死因が病気だったのか事故だったのかは不明ながら、母親が二年前に死んだのは絶対だとトモコは断言した。

「念のため、担任の先生にも確認したんです。やっぱり、父親とふたり暮らしだったのは間違いないみたいです。あ、最初は勝手に教えることはできないって言われたんですけど、聞いた話を伝えたら、そこまで知ってるならと教えてくれたというか、否定しなかったたですから」

祖母が豚汁のお椀《わん》を置き、小さく唸《うな》る。

「だったらさ、家にいたのは母親の姉妹だったとか、そんなオチじゃないのかい。それも血の繋がりといえば繋がりだし、ほかには考えられないだろ。母親がいなくなって、たまに食事をつくりにきていたと考えれば不自然じゃないしね」

「おばあちゃん、それはおかしいよ」翔琉がすかさず否定する。多弁でないぶん彼の発言には重みがあった。「似ていた説明はぎりぎりつくと思うけど、お母さんって呼ぶのはちょっと、考えにくいかな」

せやな、と亜香音も賛同。

「母親代わりとしていっしょに住んでたとしてもや、お母さんとは呼ばんし、普通は呼ばせへんよな。再婚してへんのは確実なんやろ」

「あの——」

弱々しい声だったが全員の視線が声の主に集まる。注目を集めたティエンは少し恥ずかしそうにつづけた。

「日本の夏には、死んだ人帰ってくると、聞きました。すみれさんのお母さんも、帰ってきていたのではないですか」

ともすれば怖い発言なのだが、彼女が言うとほっこりする。ティエンはかわいいなー。

「姉妹説の次は、幽霊説か」しかし亜香音は真剣な顔で告げる。「璃久、それはお盆中のことやったか」

「えっと、彼女に会ったのは夏休みが明ける十日くらい前、二十日前後だったと思います。その年の盆は珍しく家族で旅行に行ってて、そのあとなのは間違いないです」

「そっか。——ティエン、残念やけど日本ではお盆の時期しか死んだ人は現世に帰ってこられへんねん。——おばあちゃん、お盆って正確にはいつなん」

「いろいろあってややこしいんだけどね。七月にやるのもあるし。ただまあ八月の十三日に先祖が戻ってきて、十六日に帰るのが一般的だね。迎え盆、送り盆って聞いたことあるだろ。ほら、ナスやキュウリで馬をつくったり」

「精霊馬《しょうりょううま》」翔琉が言った。

「そうそう。あれも地方によっていろいろなんだけどね」

「とにかく、お盆の時期とずれてるのはたしかやな。そういうわけや、ティエン」

「はい、ありがとうございます。残念ですけど、幽霊さんではなかったのですね」

ぜんぜん残念じゃない。というかなぜ真剣に幽霊説を検討した。すごくおもしろかったけど。

これ以上しっくりする説明は誰も思いつかないのか、会話が止まり、みなの咀嚼音だけが食卓には静かに流れた。次は鮭の塩焼きに手を伸ばす。

お弁当需要のためか、ひとつひとつがとても小振りだ。最初に口にしたとき、鮭の身に妙なもっちり感があって気になった。間違いなく鮭の塩焼きだし、けっしてまずくはないのだけれど、食感の微妙な違いに戸惑うのはたしかだ。肉系の当たりがつづいていただけに、少しばかり残念さを覚えるのは否めなかった。

この商品だけの特徴なのか、鮭、あるいは魚自体が冷凍と相性がよくないのか、ほかの魚種や商品で追試験をしてみたいところである。

「わかったかもしれん」

亜香音がふいに沈黙を破った。

「すみれの母親は、じつは生きてたんとちゃうか。偽装死、ってわけ」

「いやいや、それはないでしょう」わたしは笑いながら否定した。ミステリーじゃないんだから。「だいたい、なんでそんなことを？」

「それはわからへんけど、とにかく深い深い事情があって、表向き死んだことにしてたんよ」

「えー、じゃあ代わりの死体はどうしたの。葬式とかはしただろうし、そう簡単に医者や警察を欺けるとは思えない。現実には無理だよ」

いいえ、と璃久が歯切れよく答えた。

「トモコはたしかに彼女の母親は死んだと断言しましたけど、葬式に行ったとは言ってなかったはずです」

「たとえば――」どちらの味方か、さらに翔琉が加わる。「死体は見つからないけど、死んだ可能性が高くて、法的には死んだとされてるとか」

「ああ、知ってる知ってる。失踪《しっそう》宣告でしょ。でもあれ七年はかかるんじゃなかったっけ」

「場合によっては失踪してから一年でもいい。あと、認定死亡ってのもある。これはもっと短くても認められる場合がある」

「なんでそんなこと知ってんの？」

「このあいだ読んだミステリーにあった」

つまり、すみれの母親を表向き死んだことにするために、失踪したと家族で口裏を合わせていただけで、じつは生きていたし失踪もしていなかったと。

「ほら――」亜香音は早くも勝ち誇ったような笑みでメンチカツを掲げた。「やっぱり母親は生きてたんやって」

「ううん――」翔琉がすばやく首を振る。「それでも亜香音ちゃんの偽装死説はおかしい」

「翔琉はどっちの味方なん？」

亜香音が気色ばむ。どうでもいいが「偽装死説」は言いにくそうだ。

「どっちの味方でもないけど、本間すみれのお母さんは、料理が下手だったんでしょ。でも璃久くんが会った人は料理上手だった。同一人物だとしたら、矛盾してる」

「そ、そんなん、なんとでも説明はつくやろ。二年のあいだにうまなったんちゃうか。そう、表向き死んでることになってるから、外を出歩くのも減るやろ。行動的な人やったけど、することなくて、それで家でできる料理に目覚めたとか。ほら、めちゃくちゃ説得力あるやん」

「うん、たしかに説得力はある。でも、やっぱりおかしい。そんな人が、璃久くんの前に出てくるかな。あまりにも迂闊《うかつ》だよ」

そのとおりだ。仮にも法を欺いて世を忍ぶ人間が、いくら娘の恩人とはいえ、カジュアルに登場して料理を振る舞うわけがない。

「たしかに――」璃久も深くうなずいた。「ちょっと、いや、どう考えてもおかしいですよ、亜香音さんの偽装死説は」

以前は「井上さん」と呼んでいたが、最近ようやくみんなに合わせて「亜香音さん」と呼ぶようになっていた。

「うーん、まあ、せやな……」

悔しそうにしながらも亜香音は自説を引っ込めた。

またも迷宮入りか、と思いつつカニクリームコロッケを食す。

これまたお弁当の定番おかず。誰が食べてもカニクリームコロッケとしか思えない王道の味わいで、間違いなくおいしい。が、ひとつひとつが小さいので、そこの物足りなさは感じてしまった。このあたりは冷凍の限界か。一方で、冷めてもおいしいのはさすがである。

「あの、こういうのはどうかな——」

満を持して翔琉が提案した。これまで他人の説をことごとく否定してきた彼だけに、いったいどんな説が飛び出すのか、みなは固唾《かたず》を呑《の》み込んだ。たぶん食事を呑み込んだだけだと思うが。

「本間すみれの母親は、たしかに二年前に死んでいた。でもそれは、すみれの生みの親ではなくて、再婚相手だった。それで、璃久くんの前に出てきたのは、生みの親のほうだった」

「ここに来て、まさかの実母説ってわけか」亜香音がつぶやいた。

若干ややこしい話であり、仮説を整理する沈黙が横たわる。

つまりすみれが幼少のころに両親は離婚し、父親が娘を引き取ったとする。その後、父親は再婚。父親、後妻、すみれの三人で——仮にきょうだいはいないとして——暮らしていた。しかし現在からすると四年前、後妻は死去。そして二年前、璃久の前に現れたのは先妻であり、すみれの実母である女性だった。

矛盾はなさそうだ、とわたしは納得した。

「それなら顔が似ていて当然。すみれが『お母さん』と呼ぶのも不自然じゃない。引っかかるとすれば、トモコも、先生も、すみれは父親とふたり暮らしだったと証言しているとかな。その母親らしき人は、ごく自然に家にいたわけでしょ」

「そうですね」と璃久が答える。「本間さんも、いるのが当たり前といった雰囲気でしたし、料理している母親の様子もすごく慣れた感じでした」

「それは大した問題じゃないだろ——」意外にも祖母が援護に加わる。「後妻が死んで、実の娘のためにたびたび料理をつくりにきていたのかもしれない。もしかしたら父親とよりを戻した可能性もある。でも籍を入れてなければ、周りには口外しなかったと思うよ。いろいろ状況は複雑だしね」

祖母の言うとおりだと思える。

いちど離婚して、しかも後妻が死んでいるのだ。妙な勘繰りを避けるため、復縁の事実は言い触らさないようにしていたのかもしれない。内縁状態であるため、対外的にはふたり暮らしのままで通していて、教師や友達も知らなかった。あるいはときどき通っていただけの可能性もある。引っ越しをしていなければ、その家の台所も勝手知ったるものだったろう。

状況をきれいに説明しているし、こじつけ感もない。

おそらくみんなも納得したのだろう。首を縦に揺らす人はいても、異議を唱える者はいなかった。

さすが翔琉、と思った瞬間、またもや意外な声が聞こえる。

「ただね――」再びの祖母である。「一点、引っかかるところはあるんだよね。その母親は、メンチカツに似た、イカと野菜を使った料理を出したんだろ。それって〝イカメンチ〟じゃないのかい」

イカメンチ……。いま適当につくったような言葉にきょとんして、「あっ」と思い出す。

「なんか聞いたことある気がする。なんだっけ？」

「津軽地方の郷土料理だったはずだよ」祖母は璃久に顔を向ける。「みじん切りにしたイカと野菜を小麦粉と混ぜて、油で揚げた料理だったんだろ」

「そうですね。イカはみじん切りというより、もう少しゴロゴロしてましたけど」

「まあ、家庭料理のはずだから、つくり方に幅はあるだろうよ」

わたしはスマホを持ち上げ、「ちょっと確かめていい？」と祖母に告げた。原則として食事中はスマホ禁止だが、祖母がうなずくのを確認して検索する。

祖母の情報に間違いなかった。津軽地方に伝わる家庭料理で、出てきた画像の多くはたしかにメンチカツに似ている。青森ではスーパーの惣菜《そうざい》コーナーでも普通に売っていて、さまざまなアレンジ料理もあるようだ。

璃久にも確認してもらい、イカメンチに相違ないと結論づける。

そして祖母は、翔琉の唱えた実母説への反論を展開した。

「すみれの実母は、近所の、老舗の呉服屋の娘なんだろ。それなのに青森の郷土料理をつくっていたのはおかしくないかい。しかも、昔からよくつくっていた料理だったって、さっき璃久は言ってたよね」

「はい。その料理は強く印象に残ったので、母親の言葉もはっきり覚えています。そうですか、青森の料理だったんですね」

たしかに近所にある老舗の呉服屋となれば、東京で生まれ育ったのはまず間違いない。

「でもさ——」わたしは反論する。「その母親がずっと東京で生まれ育ったとしても、彼女の母親が津軽の生まれとかで、幼いときからイカメンチに親しんでいた可能性はあるよね。だから生まれも育ちも東京だけど、慣れ親しんだイカメンチを自分もつくるようになった」

我ながら説得力のある説ではなかろうか。

「まあ、そうだね」祖母はあっさりと認めた。「だから、小さな引っかかりだよ。翔琉の説を否定するわけじゃないよ」

再び豚汁を食しながら考える。だいぶ冷めてきていたけれど、そのぶん味が濃くなり、具の旨《うま》みが汁に染み込んでさらにおいしく感じられた。

これ以上、説得力のある説はなさそうだ。やはり翔琉の実母説がいちばん自然で、ありそうな気がする。小さな引っかかりはあるにせよ、致命的というわけではない。

ちょっと、待てよ……。

豚汁を眺めていて、ふいにある閃《ひらめ》きが浮かぶ。

対流するみそ汁のように、思考が頭のなかを巡っていく。豚肉、ごぼう、里芋、大根、ニンジン、白ネギ、さまざまな具材が渾然となるように、これまでに出てきた数々のピースが、ひとつにまとまっていく。

「わかったかもしれない……真相が……」

豚汁に向かってつぶやき、顔を上げてもういちど言う。

「わかったかもしれない、真相が」

集まる視線はどれも緩慢なものだった。亜香音に至っては完全に無視して食事をしている。

ドラマとかでよくある、登場人物の驚き顔が次々にカットインする光景を想像していたのに、なんだこのわたしへの期待感の薄さは。まあ、べつに容疑者じゃないから驚きはしないだろうけど。

翔琉がゆるゆると手を上げる。

「双子はミステリーでは禁じ手だよ」

「失敬な。双子説じゃないよ。ていうか、べつにミステリーじゃないから双子でもいいじゃん。だから双子じゃないって」

「わかったから」頬張りながら亜香音が言う。「いいからはよ聞かせてぇや」

「そうだね、さしずめ〝記憶喪失説〟といったところかな」キリッ。

「はい解散」亜香音が左手をだらしなく振る。

「ちょっと。ちゃんと聞いてから判断してください」咳払《せきばら》いをひとつ。「まずさ、すみれのお母さんはひとりで雪山に登るほどアクティブだって情報があったよね」璃久に念押し。「あったよね？」

「はい。トモコの言葉として、さっきみなさんに説明しました」

「でしょ。この情報がこれまで出てきた説では活かされてない。思わせぶりな情報が真相に繋がってないのは不自然だよ」

「ミスリードかもしれない」と翔琉。

「だとしても、否定された説にも使われてないのはおかしい」

「いやいや──」と亜香音。「べつにこれはミステリーちゃうねんから使われへん情報があったっておかしないやん」

「それでもやっぱり使わなきゃ気持ち悪いじゃん。で、そこで思いついたんだ。母親は登山に行って行方不明になったんだよ。たぶん雪山でね。遭難したのは確実だけど、遺体は見つからなかった。わりとありふれたことだよね。それからどれくらい経って判断したかわからないけど、現実的に考えて母親が生きている可能性はまずありえないとなった。だから家族は手続きをして、法的に母親は死んだことになった。それが四年前のことだった。

　ところが！　じつは母親は生きていたんだよ。ただ、滑落の影響で記憶を失ってしまっていたんだ。大怪我《おおけが》を負った母親だったけれど、幸運にも発見され、心優しき人に助けられた。その人は青森県にある民宿の主人だった。あ、遭難した山は青森にあったんだよ。で、記憶をなくしたことを不憫《ふびん》に思った主人は、記憶が戻るまで彼女を住み込みで雇ったの。母親もその申し出をありがたく受けた。で、青森の旅館で──」

「さっき民宿って言ってたで」亜香音のツッコミ。

「そこはどっちでもいいんだ。青森の民宿か旅館で働きはじめた母親は、みるみるうちに料理の腕が上がった。その旅館ではイカメンチも出していて、それも得意料理となった。そして、ある日、ついに記憶が戻ったんだ。ああ、わたしは東京の老舗呉服屋に生まれて、東京に夫も娘もいるんだ！　と。そして彼女は旅館の主人に感謝を伝え、東京の自宅に戻ってきた。夫も、すみれも、驚いたと思う。でも、もちろんまた親子での生活がはじまった。璃久が家に行ったのは、そんなタイミングだったんだ。

　もちろん法的な手続きはしただろうし、親類縁者には説明したと思う。でも、ご近所さんとか知り合いとかに、じつは生きてました、っていまさら言うのは気まずいじゃん。邪推されそうだし、めんどくさいし。それで別の土地に引っ越すことにした。すみれの突然の転校は、母親が突然帰ってきたからなんだ。そう考えると、すべての辻褄《つじつま》が合う。どう？　絶対これが真相だよ」

　勢い込んで言ったものの、周りの反応は薄かった。首を捻《ひね》ったり、困ったような顔をするばかりだ。そんななか、翔琉が肯定的なことを言ってくれる。

「よくできてると思う。イカメンチを昔からよくつくる料理だって母親は言ってたから、そこは少し引っかかるけど」

「その旅館時代も、昔といえば昔でしょ」

「まあ、そうかな。根本的な矛盾はなさそうだし、本間すみれの転校にも説明がついてるのはきれいだと思う」

「でしょ！」

「わたしも──」ティエンが満面の笑みを浮かべていた。「とてもよくできた、おもしろい話だと思います」

「ありがとう」

笑みがこぼれる。やっぱりティエンはいい子だ。

でも、と翔琉が付け加えた。

「リアリティはないかな」

「そう？」

「そりゃそうだよ」と祖母。「だいたいその旅館の主人はどういう料簡《りょうけん》なんだい。身元の不確かな人間を働かすなんて。確定申告の従業員欄はどうしてたんだい。昔話じゃないんだから」

「無理があるかなー」

「無理しかないよ」

「あ、でも」璃久が思いついたように発言する。「記憶をなくして、役所に申請して、仮の身分で生きている人って実際いますよね」

「まあ、そりゃいるかもしれないけど」祖母は苦々しい顔でうなずいた。「それにしたってだよ、事実に合うように妄想を繋げただけじゃないか。記憶喪失なんてそんな突拍子もないことがあるもんかい」

「事実は小説よりも奇なりなんだよ、おばあちゃん」

と反論するも、自分でもだんだん自信がなくなってきた。思いついたときはすごいアイデアだと思ったんだが。

意気消沈し、すっかり食べ損ねていたイカ天ぷらに箸を伸ばす。

おいしい、おいしいのだけれど、イカのもっちり感がいまひとつで、歯ごたえ、味わいともに物足りなさがあった。ひと言で言うなら、イカ感が薄い。最初からついているタレもやや主張が強めで、物足りなさをごまかしているようにも感じられた。冷凍の鮭は謎のもっちり感があり、イカは本来あるべきもっちり感が消えている。不思議なものである。

これでひととおり、すべての冷凍食品を食した。

あくまで今回購入した商品、という前提ではあるが、かすがい冷凍フェスの総評としては鮭やイカなど海の幸にはやや不満が残り、肉系と野菜系は文句なし、といったところか。

ＭＶＰは迷うことなく「豚汁の具」。なにより冷凍を感じさせないおいしさ。面倒な下ごしらえから解放される利点は大きく、豚汁に使うのはもちろん、筑前煮《ちくぜんに》などへの応用も利きそうだ。時短に繋がるうえ、金銭的なメリットもあるのが素晴らしかった。

「いまさらなんだけど」食事を終えた翔琉が箸を置きながらふいに言った。「やっぱり間違ってると思う。さっきのおばあちゃんの話」

「あたしの？　どの話だい」

「ぼくの説に、母親がイカメンチをつくれたのはおかしいってやつ」

「間違ってる？」

「うん。なんか変だなと思って、ゆっくり考えたらわかった。東京の、老舗の呉服屋で生まれたのは、再婚した人のほう。だから産んだ母親の出身地は特定されない」

んんん？

ややこしいのでもういちど頭から考えてみる。

まず翔琉が提唱した説はこうだ。本間すみれが幼少のころ、実父母が離婚し、彼女は父親に引き取られる。父親は再婚し、すみれは継母《ままはは》と同居。しかしその継母は病気か事故により死去。その後、璃久がすみれの家に行ったとき、家にいたのは実母のほうだった。

璃久が、すみれと仲のいいトモコから聞いた情報はこうだ。すみれの母親は近所にある老舗の呉服屋の娘で、アクティブな性格で、料理は下手。その母親が二年前に死んだのは間違いない。

となるとトモコが語った母親とは、実母ではなく再婚相手のことになる。なにしろ〝二年前に死んだ〟母親について言及しているのだから。

まっさきに声を上げたのはわたしだった。

「そうだよ！　おばあちゃんの反論は間違ってる。実母が青森生まれでも、ぜんぜん矛盾しない」

トモコが言及した母親は〝再婚相手である継母〟であり、実母ではないことを順番に説明すると、全員が納得してくれた。

祖母は力なく笑って額に手をあてた。

「そうだね。ごめんよ、あたしの勘違いだったね」

「と、いうことはやで――」最後まで食事をしていた亜香音も箸を置き、告げる。

「翔琉の実母説に矛盾はなくて、不自然な点もない。そしたらこれで決まりちゃうか」

全員が大きくうなずいた。

こうして、璃久が二年前の夏に体験した不思議な出来事は、かすがい食堂の全員が力を合わせたことによって見事解決したのである。

後日、璃久は「こうなった以上、ちゃんと確かめておかないとと思って」本間すみれの当時の家庭環境などを調べ、真相を探ってくれた。そして翌週のかすがい食堂にて調査結果が伝えられた。

四年前に死んだ母親は、紛れもなくすみれの実母であった。東京の老舗呉服屋の娘である。しかし実母には双子の妹がいて、複雑な事情から小学生のころに青森の親戚《しんせき》のもとに預けられ、育った。すみれの実母の死去後、父親はこの妹と結婚を前提とした交際をはじめ、まだ籍は入れていなかったものの同居するようになった。双子だけあって顔が似ているのはもちろん、雰囲気もそっくりだったため、すみれも「お母さん」と呼ぶことに抵抗はなかったようだ。璃久が会ったのは、この当時は内縁状態にあった事実上の後妻、妹のほうであった。ちなみに現在はすでに籍を入れ、正式な夫婦となったらしい。

その話を聞いてまっさきに「そんなのわかるか！」となったのは言うまでもない。とまれかくまれ、これはノンミステリーなので双子もありなのです。

第四話　夢のゆくさき、絆のかたち

十二月、師走《しわす》。

師が走ると書いて師走。

先生も走るくらい忙しい時期だから師走と言うようになった、と子どものころに聞いた記憶がある。だが、はたして年末の先生は忙しいのだろうか。

そもそもこの言葉が生まれた時代――それがいつかはさっぱりわからないけれど――の先生は現代人がイメージするそれとは違うはずだ。師走という言葉が生まれるくらい〝年末に忙しくなる職種〟の代名詞だったわけで、どんな仕事だったのだろう。

そんなことをぼんやりと考えるくらいには、まったりした仕事の時間。

ふたり連れの男の子がやってきて、駄菓子を買う。軽く会話を交わし、笑い合う。怒号が飛び交うことはなく、殺気立つこともない。恵まれた職場だと思う。

なにぶん古い建物なので夏は暑く、冬は寒いのが難点だが、今冬には新兵器があった。

気休め程度に使っていた年代物、というより骨董品《こっとうひん》と言ったほうがいい石油ストーブが今年の三月についに黒煙を吐いてご臨終され、今シーズンから導入した遠赤外線パネルヒーターがなかなかいい塩梅《あんばい》だった。なにより安全だし、部屋の空気を汚さないのでお客さまの健康にもいい。暖めてくれるのはわたしの足もとだけなのだけれど、お客さまは風の子だから問題ないのである。時代に取り残されたように見える駄菓子屋も、こうして少しずつ近代化していくのだ。

パネルヒーターごときで近代化というのもどうかと思うが。

プイッ、と小さな通知音が鳴り、スマホを見やる。メッセージアプリだ。

開くまでもなく、通知欄に表示された文章の一部だけで内容がわかり、小さくため息をついた。璃久《りく》からのものだ。

いちおう確かめると、案の定「今日のかすがい食堂には参加できない」旨を伝えるものだった。以前は書かれていた「部活が忙しくて」という理由も、頭《こうべ》を垂れるキャラのスタンプもなかった。

璃久の姿を見なくなって、もう一ヵ月になる。

参加しはじめたころから、部活の都合で来ないことはあった。しかし十一月の半ばから二回、三回と欠席がつづき、今日で四回連続である。

彼のかすがい食堂への参加を、姉の三千香《みちか》は最初から好意的に受け止めてはいなかった。そのことが直接的、間接的に影響しているかどうかはわからない。ただ、このまま自然消滅するのではないかと思えてならなかった。

とりあえずいまは、静観するしかないか……。

スマホの画面を見つめながら自然とまた、ため息をついてしまう。

「どうしたんですか、ため息なんかついて」

親しげな声に驚いて顔を上げると、そこには夏蓮《かれん》が立っていた。

「夏蓮！　久しぶり！」

「お久しぶりです。それより、なにかあったんですか。あ、無理に話す必要はないですけど」

「いやいや、ぜんぜん、大したことじゃなくて。最近またいろいろ値上がりしそうで、嫌だなぁって」いまはまだ彼女に伝えることでもない。「――それより久しぶりに会えて嬉《うれ》しいよ。いま忙しいでしょ、仕事も、受験も」

　今年の春ごろには大学に進学するかどうか迷っているようなことを言っていた夏蓮だが、声優の事務所オーディションに合格する前に、結果にかかわらず大学に進学することに決めたと聞いていた。親はもちろん、養成所の仲間や講師などにも相談して決めたらしい。

「えっと、その件で来たんですよ」

　そう言って彼女は笑顔になり、両手でピースサインをつくった。

「大学、合格しました！」

「ほんとに！　おめでとう！　早いね」

「はい。推薦だったんで」

「すごいじゃん。じゃあもうセンター試験とか受けなくていいんだ」

「ですね。あといまは共通テストです。いまは年内に決まる人のほうが多くて、共テを受けることになったら嫌だなーと思ってたんで、よかったです」

　顔をとろけさせ、安堵《あんど》した表情を見せた。

　そうか、いまはもうそんな時代なんだなと感慨を覚える。これも子どもがどんどん減っている影響だろうし、今後も加速していくのだろう。けれど意図せざるものだとしても、大学受験が偏差値偏重から脱するのはいいことのようにも思える。子ども時代にテストでいい点を取る技術ばかり磨いたって、誰も幸せにならない。

「言ってた、芸術系、演劇系の？」

「そうです。いちばんに志望していた大学です」

「そっか。よかった」

以前、大学でやりたいこと、学びたいことが見つからないと言っていた彼女だったが、いろんな人と相談するなかで、大学で芸術や演劇を学ぶという選択肢があることに気づいたという。自分はやっぱり演じること、表現することが好きだから、と夏蓮は吹っ切れた様子で言っていた。

店内を見渡して買い物したがっているお客さんがいないことを確認してから、夏蓮は人差し指を立てる。

「それと、もうひとつあるんです」

「なになに？」

「来年一月からはじまるアニメに出ます」

「え？　ほんとに？」

「といってもモブですけどね」へへへっ、と笑う。

「モブってことは、ちょい役か」

「ですです。名前もない、女子高生Bってやつで。でも、紛れもなくデビュー作です」

「おめでとう、でいいんだよね」

「もちろんです。モブも立派なお仕事ですから」

おどけた様子で胸を張った夏蓮だったが、誇らしく思っていることは伝わってきた。

そんな彼女を見て、自分も嬉しくなる。

「そっかー。楽しみにしてる」

「や、あんまり楽しみにしないでください。収録はもう終わってて、ほんとひと言だけなんで」

「いや、それでも楽しみにしてる。そうだ！　かすがいのみんなで上映会しよう！」

「やめてください。モブでそんなことされたら恥ずかしくて死にます」

「さっきモブも立派な仕事だって言ってたじゃん」

「それはそうですけど……」

泣き笑いの表情になった夏蓮がとてもかわいらしく、わたしは噴き出してしまい、
それからふたりとも大声で笑った。店内にいたふたり連れの男の子が、不思議そうな

顔でこちらを見ているのも可笑《おか》しかった。

上村夏蓮に初めて出会ったのは子役時代、彼女が中学生のとき。彼女は役者で、わたしはスタッフという立場だった。同性の若いスタッフということで待ち時間などに比較的親しく雑談などもしたけれど、そこには明確な線があったように思う。どんなに親しくしても、けっして交わらない関係。その後、摂食障害に陥った彼女と再会したときでも、まだ高校一年生だった。

そんな彼女がもうすぐ大学生になる。

再会後はずいぶんと親しくなった。この関係をどう表現すればいいのかわからないけれど、「仲間」というのがいちばん近いような気がする。

親しく、ちょくちょく会っているゆえに高一のころから変わっていないようにも思えるのだけど、きっと心身ともに大きく成長しているはずだ。

あっという間だな、というのが正直な感想だった。

つまりそのぶんわたしも歳《とし》を取っていることになるわけだが、それは考えないでおこう。

＊

「今日のメインはたぶんこれ、お赤飯！」

炊飯器の蓋《ふた》を開けて湯気がもわっと上がるとともに、「おおっ」と歓声も上がる。

「お祝いといえばこれしかないでしょ。夏蓮のセカンドデビュー記念だしね、奮発して」

本日のかすがい食堂は、夏蓮の声優デビューとなったアニメの観賞会である。本人は恥ずかしがっていたけれど、みんなも喜ぶだろうと言えばそれ以上は拒絶せず、無事に開催の運びとなった。メンバーはいつもどおり翔琉《かける》、亜香音《あかね》、ティエンの三人に、わたしと祖母、ゲストの夏蓮を加えた六人だ。

関東を中心に、地域によってはささげが使われる赤飯だが、今回は旬なこともあって小豆《あずき》を使った。炊飯器を使えばもち米で簡単に炊ける。

「もうひとつ、おかずのメインはブリの照り焼きね。夏蓮の今後の活躍を祈って、出世魚を。今回のテーマは、えっと《デビューおめでとう&目指せ有名声優》！　ってことで」

なにも考えていなかったので語呂が悪い。

「ありがとうございます。なんというか、嬉しいやら、恥ずかしいやら、申し訳ないやら」

パチパチと拍手が響き、主役の夏蓮は照れていた。

食卓にはほかに、ほうれん草のおひたしなどの副菜が並んでいる。

「いただきます！」

上映はあとのお楽しみにして、最初は料理を堪能する。

わたしは赤飯を、まずは単体で味わった。もち米のもちもちした食感と、ふかふかの小豆。米と小豆の甘みに塩分が加わって、ごはんだけでいくらでも食べられる。赤飯はなぜ、食べるだけでこんなに幸せな気持ちになれるのか。祝福の記憶と結びついているからだろうか。とにかく、なにはなくとも赤飯は最高だ。

同じくまっさきに赤飯を味わっていた亜香音が満足した声音で告げる。

「あぁ、やっぱり赤飯は小豆にかぎるよね。こっち来て初めてささげの赤飯を食べたとき、豆が堅くてなんじゃこりゃって思ったもん」

「えっ？」と夏蓮が驚く。「関西はささげは使わないの？」

「いや、詳しくは知らんけど、あんまないんちゃう。ささげは東京に来てから初めて見たし。まあ、めったに食べることもないんやけど」

「たぶんそうだろうね」祖母が説明してくれる。「ささげを使うのは東京が中心みたいだよ。小豆はやわらかくて割れるから、切腹を連想させて縁起が悪いとかって説があるようだけど、実際はどうなんだろうね。あたしは昔から普通に小豆で食べてたけど」

「へえ、そうなんだ。勉強になった」と夏蓮。

「せやけど割れるから切腹で縁起が悪いってのも、無理あるなぁ」

亜香音がぼやいて、祖母も「たしかにね」と笑う。

「まあ、縁起かつぎってのはたいていダジャレかこじつけだからね。小豆が手に入らずささげしかなくて、悔しまぎれに武士が考えた冗談がはじまりだったのかもしれない」

祖母の言葉にみんなが笑う。でも案外、物事の起源なんてそんなくだらないことなのだろう。時間の経過とともに真実は忘れられ、伝統という名の権威が勝手に肥大化するものだ。

夏蓮がフォローするように言う。

「でもわたしはささげのお赤飯も好きですよ。ささげのコリッとした食感もまたいいんですよね」

みんなの会話を聞きながら感心したふうに首を揺らしていたティエンに、わたしは話を振った。

「ティエンはどう。もしかして赤飯は初めてだったり？」

「いえ、前にいちど食べたことあります。普通のごはんと違って、もちもちしておいしいです。前に食べたのが、ささげか、小豆かは、ちょっとわからないです。でも、今日のほうがおいしいです」

にっこり笑顔になる。

よかった、と笑みを返しながら、本当に日本語が上手になったなと感じていた。「ささげ」というおそらく今日初めて聞いた単語も正しく理解して、「もちもち」という使用頻度の少ないオノマトペも自然に使えるようになっている。

そろそろ頃合いかな、とわたしは上映会の準備をはじめた。

食卓の端っこに置いていたノートパソコンを開けて、配信サイトに繋《つな》ぐ。一階にテレビはないので、ノートパソコンを利用することにした。駄菓子の通販をはじめてから Wi-Fi はばっちり完備である。あまり大きな画面ではないけれど、座敷は狭く、みんなの距離も近いので問題はないはずだ。

目当ての作品を選び、再生スタート。深夜アニメであり、地上波での放送はすでに終わっている。

現世に未練を残した死者がときおり訪れる、風変わりな洋食店が舞台の作品である。ひょんなことからその店でアルバイトをはじめた怖がりの男子高校生が主人公で、夏蓮が出演した第三話では、彼の学校での様子が描かれていた。そこに登場する通りすがりのモブキャラ「女子高生Ｂ」が夏蓮の役どころだ。

「登場する前に、教えてね」

翔琉のリクエストに、彼女は観念した様子でうなずく。

「うん。そんな注目するようなもんじゃないけど」

オープニングが終わり、洋食店での様子がコミカルに描かれていく。夏蓮が出ると聞いてわたしは第一話からチェックしていたし、この第三話もすでに視聴済みだ。彼女の出番が来るまで、ブリの照り焼きを味わう。

てらてらと美しく輝く魚の身を箸で切り、口へと運ぶ。煮詰められ、旨みの凝縮した甘辛いタレがたっぷりと染み込んだブリの身。歯ごたえのある締まった身を噛《か》みしめるたび、口のなかが冬の幸せに満たされていく。やっぱり日本の冬に、ブリの照り焼きは欠かせない。

画面に視線を戻せば、主人公が客に難癖をつけられてあたふたしていた。わたしでも知っているくらい超のつく有名声優の声だ。

ふだんアニメはほとんど見ないらしい亜香音も「すごいおもろいやん」と高評価で、ティエンは「日本のアニメは絵がきれいです」と画面に釘《くぎ》づけで、翔琉は無言で、祖母は「最近はこういうのが流行《はや》ってるのかい」と返答に困る質問をして、それぞれ楽しみながらアニメは後半に入る。

「あ、そろそろかな」

夏蓮が言い、みんな会話をやめて画面に注目した。

コメディタッチな場面だ。教室で主人公と、同級生であり幼馴染《おさななじ》みの女子のやり取り。失言をする主人公。その固まった空気を表現するためか、廊下を通るモブ（女子ふたり）の会話が空々しく流れる。

『ぶたマシマシなみに贅沢《ぜいたく》だよね～』

『視力上がる～』

そしてまた物語の時間が動き出し、メインキャラのやり取りが再開される。

「以上です」夏蓮が恭しく頭を下げた。

「えっ、どっち？　どっちやったん？」亜香音は本気でわからない様子だ。

「ぶたマシマシのほう。というか、わかってよ」

「いやわからんて。ぜんぜん声の感じ違かったもん」

「これは、本編とは関係ないセリフ？」つづけて翔琉が尋ねた。

「そうそう。まったく無意味な会話だから意味があるというか、おもしろみがあるというか」

「アドリブ？」

「ううん、ちゃんと台本に書いてたセリフ」

「ぶたマシマシってなんですか」さらにティエンの質問。

「えっと、ラーメンにチャーシューがいっぱい入ってるという意味」

「どうして視力が上がるのですか」

「いちおう裏設定ではすごくいいカッ……すごく尊いものを見たの」

「すごく尊いものを見ると、日本では『視力が上がる』と言うのですか」

「言わない。一般的には言わないから。間違った日本語を覚えないでティエン」

わたしはパンと手を叩《たた》く。

「というわけで、以上を踏まえてもういちど見よう」

「ここは地獄ですか」

そして当該のシーンを五回は繰り返し、ようやく観賞会は終わった。

少し夏蓮で遊びすぎたかな、という気持ちもないではなかったけれど、デビューというのはいちどしかない。これから彼女の声優人生がどうなるにせよ、今日のことがいい思い出になってくれたらと願うばかりだった。

いつものかすがい食堂の雰囲気に戻ると同時に「そうだ」と翔琉が思い出したように言う。

「大学、受かったんだよね。おめでとう」

「ありがとう！」

ほかのメンバーからもお祝いの言葉がかけられ、夏蓮は笑顔でそれらに応えていった。亜香音が聞く。

「演劇の勉強するんやって？　そういうのもあるんや」

「うん。役者として演技の勉強というより、演劇や舞台芸術の文化とか歴史とか、広い意味での勉強かな。もちろんそれだけじゃないけど」

「そこまで好きになれんのもすごいと思うわ」

「うん、自分はラッキーだったと思う。でもさ、大学に行くかどうか迷っていたとき、ある人が言ったんだ。大学に行くと本当にいろいろな人に会える。いろんな生き方を考えることができる。それだけでも行く価値があるって。行ける環境にあって、迷うくらいなら、行ったほうがいいって背中を押してくれたんだ」

「そんな、もんかな」

「亜香音ちゃんは相変わらず大学に行く気はなし？」

「せやね。仮に行けるお金があっても、学校で学ぶんは時間の無駄やと思てる」

「それもひとつの考えだね」

「学校で思い出したけど――」亜香音が口調を変えてわたしを見つめた。「昨日久しぶりに璃久と話したで」

「え？　学校で？」

「そうそう。たまーに見かけることはあってんけど、ちゃんと話をしたんは、来んようになってから初めてやね」

　ふたりは同じ中学校であるものの、学年が違うため話をするタイミングはそうそうないのだろう。

　璃久は十一月の半ばから顔を見せなくなり、そのまま二ヵ月が経《た》った。五回目以降は連絡すらなく無断欠席がつづいていて、いわゆるフェードアウト状態だ。現実的に考えて、もうかすがい食堂に来るつもりはないのだろうと理解していた。今日の観賞会を迎えるにあたって、夏蓮にも大まかな状況は説明している。

複雑な思いはあるけれど、わたしのほうから彼や、姉の三千香に連絡を取ることはしていなかった。残念ながらここは彼らの求める場所ではなかったのだろうし、自分では彼らの役には立てなかったと認めるしかない。

とはいえ、曲がりなりにもふたりとの接点をつくることはできた。もし、彼らから助けを求めてくれれば、そのときは躊躇《ちゅうちょ》なく力になるつもりだったし、それくらいの距離感がいいとも思えた。少なくともいまは。

「かすがいのことなにか言ってた?」

「なんも。聞かれても向こうも気まずいやろし、こっちも話題にせんようにしてたし。久しぶりって感じで、部活はどうなんとか、当たり障りのない雑談を軽くしてんけど、ひとつ気になったことがあってさ」

「なになに?」

「左腕に、けっこう派手な痣《あざ》があって」

「痣……?」わたしは思わず目を細めた。

璃久は手洗い場にいて、まくった袖から大きな痣の一部が覗いていたらしい。

「でも——」夏蓮が加わる。「べつにおかしくはないよね。バスケやってたら勢いあまってぶつかったり、ボールとか、ほかの人の手が当たることもあると思う」

「せやねん。だからべつに気にせんと、えらい痛そうな痣やな、ってなにげなく指さしたんよ。そしたら璃久はえらい焦りだして、痣を隠そうとして、なんでもないって言うんやけど、いやいや明らかになんかあるやんって感じで」

「え、どういうこと？」わたしは前のめりに尋ねる。「うろたえなきゃいけない痣って……」

「知らんて。それ以上は追及してへんし、したところで言わへんかったやろし。ただ、まあ、確実になんか隠してる態度やった」

伝えることは伝えたとばかり、亜香音はまた赤飯を頬張った。

璃久はいい意味でも悪い意味でも不器用な子だ。それは短い付き合いでもよくわかったし、亜香音も同じ思いだろう。上手に嘘《うそ》をつけないタイプだし、動揺を隠すのも下手だ。であれば、その痣には彼が隠したいと思うだけの理由があったことになる。

表沙汰《おもてざた》になると彼自身が困ること——、

「部活内での暴力」まっさきにそれが思い浮かんだ。「少し前にもあったよね。顧問が暴力を振るってて、でも部員自ら隠そうとしてて」

「あー、うん」夏蓮は顔をしかめてうなずいた。「その事件の真相がどうだったのか、わたしはよく知らないけど、たとえば不祥事が表沙汰になると大会に出られなくなるからってのはあると思う」

「イジメでも隠そうとするかも」

そう言ったのは翔琉で、たしかにそれもあるかと納得する。つづけてティエンも発言する。

「親から暴力を受けてて、隠すことはありませんか」

「たしかにその可能性もゼロじゃないよね」

とはいえ、だ。璃久はあの体格だし、母親は足が不自由である。話を聞くかぎり家族仲も姉弟仲《きょうだい》もよさそうだし、家庭内での暴力や虐待は考えにくいのではないか。

同時に、クラス内でのイジメもいまひとつピンと来なかった。璃久は気の優しい少年ではあるけれど、立ち居振る舞いは堂々としているし、受け答えもしっかりしている。体格がよく、スポーツもできる。もちろん断言はできないとしても、一般的な観点からはいじめられるタイプではない。

「でもやっぱり、可能性が高いのは部活内での暴力かなって気がする。亜香音はどう思う？」

しっかり咀嚼《そしゃく》しながら考える素振りを見せ、呑《の》み込んだのかうなずいたのか首を縦に振る。

「同感やね。虐待や、クラスでのイジメはなさそうやし。あるとしたら顧問からの暴力か、部活内でのイジメ」

　ティエンが質問する。

「クラスのイジメと、部活のイジメは違うのですか」

「違うと思うで。部活には先輩は絶対やというヒエラルキーがあるからな。クラスやといじめられんタイプでも、部活内やと標的になってもおかしくない」

　夏蓮が付け加える。

「璃久くんだけじゃなくて、一年生全員がしごきと称して暴力を受けてるかもしれないよね。先輩からか、顧問からかはわからないけど。それだったら必死に隠そうとするのも理解できるし。……ん？」首を捻《ひね》って斜め上を見やる。「理解はできないな。いや、納得ができない？」

　迷路に迷い込んだ夏蓮はほっといて、わたしは亜香音に聞いた。

「そういうのに関係しそうなバスケ部の噂《うわさ》とかは聞いたことある？」

「いや、部活やスポーツにはまるで興味ないし」

「調べることってできないかな」

わたしの問いかけに亜香音が答えるより先、ここまで静観していた祖母が口を挟む。

「首を突っ込むんだね。璃久のことはそっとしておくつもりだと思っていたけど」

璃久のことは祖母との食事のときにも何度となく話題に上っていた。今後の対処について明確に話し合ったことはないものの、だからこそいまは静観するつもりだと察してくれていたはずだ。

「うん、そのつもりだった。でも、それとこれとは違うよ。もし璃久がなんらかの暴力を受けているのなら、ほっとけない」

もしかしたらここに来なくなった理由とも関連しているかもしれないが、そういうことを考えている場合でもないだろう。

「わたしも賛成」夏蓮が仲間に加わる。「璃久くんとはけっきょく最初にいちど会ったきりだけど、もし部活内で暴力を受けているなら絶対にほっといちゃダメだと思う」

「いやいや」と祖母が笑った。「べつに反対しているわけじゃないよ。楓子の気持ちを確認したかっただけだよ。それにまずは調査の段階だろ。――亜香音、そんなの調べられるのかい」

最後のブリの照り焼きをひょいっと口に入れ、亜香音は「んー」と中空を見上げる。

「部活は密室やからね。外から調べるんは難儀するやろけど、できるだけはやってみる。伝手《つて》はあるし。せやけど手足を動かす以上、それ相応の報酬は要求させてもらうで」

「わかってる」

わたしはしかとうなずいた。彼女との付き合いは長い。無料《ロハ》で動かないことは承知していた。だから信用できるし、徹底しているからかえって気持ちがいい。

内々のこととはいえ現金のやり取りは問題があるし、また亜香音自身、法に触れることはなるべくしないという信念があるようなので、いわゆる「便宜を図る」方向で報酬を調整する。

交渉はすんなりとまとまり、わたしは亜香音と固く握手をした。

あとは彼女の調査能力にまかせるよりない。こういうケースは初めてだったのだけれど、亜香音なら満足できる仕事をしてくれるだろうという謎の信頼感があった。

＊

キュッ、キュッ、キュキュッ――。

バッシュが床をこする小気味いい音が体育館には絶え間なく響いていた。

意外にも声はあまり聞こえないが、荒い息づかいや、思わず漏れる苦悶《くもん》の声、シュートが決まったときの短い歓声が繰り返されている。館内は冷えきっているのに汗のしずくがときおりきらめき、運動の激しさを語っていた。

一月下旬の土曜日、わたしは亜香音とともに彼女の通う中学校に来ていた。

久しぶりに見る体育館は記憶より小さいなと感じることもなく、いまはバスケ部だけが試合をおこなっている。近隣にある別の中学校との練習試合らしい。全国大会はもちろん、ブロック大会にも出ることのないチーム同士の練習試合ではあるが、中学生でもこんなプレーをするんだと驚かされることがあり、一方で中学生ならこんなもんかなと思う拙《つたな》いプレーも多い。

最近は三年生でも秋口に引退しないケースが増えているらしいが、今日の試合は二年生以下で編成されていると聞いている。しかしコート上に璃久の姿はなかった。コートの上だけでなく、ベンチというか、コート外に固まっている控え選手のなかにもいない。

彼はいま、バスケ部を休部している。

それをわかったうえで、いやだからこそ、ここにこうしてやってきた。バスケ部の顧問の先生と話をするためである。

　亜香音が調査結果を報告してくれたのは今週火曜日のかすがい食堂でだった。依頼して一週間後のことであり、期待以上に詳細なものであった。


　食事を終えてすぐに亜香音は「璃久の件、とりあえずの調査終わったよ」と言った。たっぷり話す必要があるので、調査報告は食後におこなうことにしたようだ。

　お茶をいただきながら彼女の話を聞く。

「まず、クラスでいじめられていた可能性について。これはないと断言してええと思う」

　璃久のクラスメイト複数人に話を聞いたが、誰もが首を横に振ったようだ。相手の受け答えに怪しいところはいっさいなく、クラスぐるみでの隠蔽《いんぺい》という可能性もありえないだろうと亜香音は言った。

「次にバスケ部について、なんやけど、その前に意外なことがわかった。璃久はいま、休部してるらしい」

「きゅうぶ？」わたしは声を張り上げた。「バスケ部を休んでるってこと？」

「ほかにないやろ」

「立方体の可能性も――」

「話進めるで。休部の時期は十二月の十日前後か、遅くとも半ばくらいみたい。一ヵ月以上前やね。理由ははっきりわからへんねんけど、バスケ部の同級生によると『家庭の事情』とか言ってたらしい。ただ、それ以上詳しくは語らんかったし、言葉を濁したようにも感じたと、その子は言うとった。次に、部内で暴力があったかどうか――」

亜香音の調査報告は淡々と進む。

顧問の名は大角《おおすみ》。大きいに角《かど》っこと書く、少し変わった名字のオオスミさんだ。同中学に赴任してきた三年前からバスケ部の顧問を担当している。学生時代を通じてのバスケ経験者で、高校のときには全国大会にも出場したらしい。スタメンではなかったようだが全国のコートに立ったというだけでもすごいことだ。

それだけに指導も熱心で、昨年夏の全中予選はブロック大会出場を目標に掲げ、達成はできなかったもののそこそこいいところまで行った。

「璃久の評価もついでに。去年の予選で一年生のスタメンもいたらしいけど、璃久はまだそこまでじゃないみたい。試合に出ることもなかった。ただ、さっき話した同級生によると、素質は感じたし、いずれは中心選手になるやろと思ってたらしい」

メモを見ながら亜香音はさらにつづけた。

「そして肝心の大角先生の評判やけど、すごくいい。熱心やけど、よくある熱血系やない。根性論を否定していて、むちゃなトレーニングはしない。むしろ選手がやりたがるのを止めるほうらしい。怒ったり怒鳴ったりもしない。一年生は球拾いとか、大声を出す練習とか、そんなアホみたいなことはせえへんし、選手のあいだにヒエラルキーをつくらんようにも気を配ってる。一年生と二年生のバスケ部員に話を聞いたけど、ふたりとも体育会系のノリはほとんどないって言うとったし、上級生と下級生の風通しもええらしい」

話を聞きながら、わたしもとてもいい先生だと思う。いまどきといえばいまどきなんだろう。ただ、そうなると仮説は両方とも崩れる。

「顧問による暴力はありえないってことだよね。先輩によるイジメもなさそう」

「せやね。あたしも話を聞いてて、両方ないなって思った」

じっと話を聞いていた翔琉が、ふいに発言した。

「ふたりが話を合わせてる可能性はないかな。亜香音ちゃんが、璃久くんのことを調べてるのはわかってたんだよね。そうじゃなくても、イジメの事実は絶対に外の人間には話さないだろうし」

「まあ、その可能性もなくはないと思う。あたしはよーわからんけど、部活の一体感というか、結束力？　それはすごい強いと思うし。同調圧力かもしれんけど」

わたしも彼女の意見に賛同できた。

「そうだよね。なにより休部の事実が、バスケ部でなにかがあったと示してるわけだし」

「せやけど……」亜香音は困ったような顔で天井を見上げた。

「どうしたの？　なにか気になることとか」

「いや、そうやなくて。実際に話を聞いた感触からすると、そういうのはぜんぜん感じんかったんよね。ふたりとも嘘をつくとは思えんというか、嘘をついてるとはまるで感じんかったというか」

引っかかるところはあったけれど、いまは話を前に進める。子どもたちの帰りが遅くなってもいけない。

とはいえ、バスケ部の線が潰《つい》えたとすると、この先どうするべきか……。

「それでさ、ひとつ相談やけど――」こちらの心中を読んだように亜香音が提案してくる。「顧問の大角先生と話をしてみるのはどうやろ」

「わたしが？」

「うん。楓子姉さんも人づてやなくて、直接話をしたほうが納得できるやろ。あたしは生徒には気楽に話が聞けるけど、先生には聞きにくいしな。『璃久が通ってた子ども食堂の代表』という肩書きで『璃久が突然来なくなって困惑してる』って理由やったら話を聞いてくれるんちゃうかな。大角先生ももしかしたら休部の理由をはっきり把握してへんで、璃久のことを心配してるかもしらん。それやったら利害は一致するし、有意義な情報交換ができると思うねん」

「なるほど……」

腕を組むが、考えるまでもなかった。目を向けた祖母も、こくりとうなずいてくれる。

「うん、もし可能なら、ぜひお願い」

「了解。先生にかけあってみるわ」

「大角先生とは接点あるの？」

「べつに親しくはないけど、授業は受けてるから」

「頼もしい」つい笑ってしまう。「それにしても亜香音は仕事ができすぎる」

「商売は信用が第一やからね。あ、ここまでは依頼ぶんに入れとくから、追加の報酬はいらんで」

「助かります。よろしくお願いします」

こうして亜香音に顧問との話し合いの場を依頼し、すぐに了承の返事をもらうことができた。ただしわたしが平日動けるのは午後六時以降で、それならと先方の提案で、土曜日に学校でおこなわれる練習試合のあとに会うことになったのである。

試合が終わってしばらく経ってから、入口付近に立つわたしたちのところへ顧問の大角が小走りでやってきた。

上下ジャージ姿で、三十代後半くらいだろうか。髪は短く、背は高く、顔のつくりは角張った印象を受けるが、それでいて爽《さわ》やかさもあった。わたしを見て、軽くお辞儀をする。

「えっと、かすがい食堂の春日井さん、でしたよね。バスケ部の顧問をやってます大角です」

わたしは深々と頭を下げた。

「このたびはわざわざお時間を取っていただき、ありがとうございます」

「いえいえ、こちらこそ助かります。宮原さんのことは気になってましたから。――井上さん」隣にいる亜香音に声をかける。「南棟にある相談室は知ってるよな。そこに案内してくれるかな」

「はい。わかりました」

亜香音も学校ではちゃんと敬語を使うんだなと、つい顔がほころんだものの、大角が再びわたしに向き直ったので慌ててまじめな顔つきに戻す。

「まだちょっとかかると思うんで、そこで待っていただけますか」

了承し、亜香音とともに体育館をあとにした。

校庭を横目に見ながら校舎脇を歩く。校庭の端に鉄棒があって、サッカーのゴールポストがあって、あとは大きな木があるくらいで、中学校ってこんなにさっぱりしてたっけ、というのが第一印象だった。もちろん学校によっても違うのだろうけど。

「どう、久しぶりの中学校は」歩きながら亜香音が尋ねてきた。

「まあ、母校じゃないからね。中学校だなーって感じでしかないかな」

「そんなもんなんや」

「あ、ちょっとびっくりしたのはエアコンのおっきな室外機がやたらあること」

「そっか、エアコンない時代なんや」

「なかったねー。教室にエアコン入れるべきかって議論してたころかな、わたしが中学生のときは」

「羨《うらや》ましい？」

「うーん、どうだろう。ないのが当たり前だったし、授業中に暑さで倒れそうになった記憶もないし」

話しているうちに南棟であろう建物の玄関に着き、人けのない静かな廊下を歩いて相談室に向かう。

狭く、細長い部屋だった。中央に白いテーブル、四人分の椅子《いす》、一方の壁にはキャビネット、調度はそれだけだ。奥には窓があり、校舎裏に並ぶ木々が見えるので圧迫感はなかった。室内にはたっぷりの陽光が満ちている。

大角がやってくるまではそれなりに時間があるだろうし、ちょうどいい機会だと思う。亜香音に聞きたいことがあった。

窓の外、わずかに葉を揺らす大きな木を見つめる。

「このあいださ、璃久の調査結果を話してたとき、バスケ部のふたりにも話を聞いたって言ってたじゃん。一年と、二年と」

なにを言い出したのだろうと亜香音が訝《いぶか》しげな視線を寄越《よこ》す。わたしは薄く笑みながら彼女のいるテーブルに近づいた。

「そのとき亜香音は『ふたりとも嘘をつくとは思えない』的なことを言ったんだ。二年生はともかく、部活動をやってない亜香音に一年生の知り合いがいるとは思えないし、てっきりクラスメイトの伝手を頼ってバスケ部の一年生を紹介してもらったんだと思ってた。でも、さっきの言い方だと、ふたりとも前からの知り合いみたいだよね。そういえば璃久の調査を依頼したときも『伝手はある』と自信ありげだったし。それってもしかして、亜香音の商売に関係してる?」

　昨年、彼女が一年生のときフリマアプリを利用した商売をはじめたものの、諸般の事情により頓挫《とんざ》してしまった。その後、なにかをはじめたという話は聞いていなかったが、かすがい食堂の料金はきちんと払っている。二百円とはいえ、なんらかの活動によって自分で稼いだお金だと思えた。

　不審そうな顔をしていた亜香音は突然顔を崩し、くくくっと笑いを漏らした。

「犯人を落とそうとする刑事みたいやな。そうやって外堀を埋めんとあたしが吐かへんと思った?」

「ちょっとは、ね。だってなんも言ってくれないんだもん。亜香音が違法なことや危ないことをやってるとは思わないけど、少なくとも大人には聞かれたくないことなんだろうとは思った。だから、まあ、言い逃れしにくいように追い込もうと思ったのは、正直あるよね。……ごめん。褒められたやり方じゃなかったね」

「そこであやまるんが、楓子姉さんらしいわ」先ほど以上に屈託のない笑みを亜香音は見せた。「べつにあやまらんでもええよ。正解やしね。大人には言いたないってのは実際やわ。姉さんのことは信用してるけど、やっぱりカテゴリーは〝大人〟やからね。中学生が商売することをよくは思わんやろ」

「難しいところだけどね。心の底から応援するのは、やっぱりちょっと抵抗あるかな」

「せやろね。まあ、こうなった以上全部話すよ」

テーブルに並んで座り、話を聞く。

「去年、不要品を安く買い取って、それをフリマアプリで売って差額で儲《もう》けることを考えたやん。でも、その方法やと古物営業法に引っかかる」

「そうそう。翔琉が気づいたんだよね」

「だから次に、フリマアプリで売れるような商品をつくって売ることを考えた。せやけど、これはうまくいかんかった。当たり前やけど、少ない材料費で高額で売れる商品をつくるんは相当な技術か、センスが必要やねん。高価な道具とか、設備が必要やったり。技術のない人間は手間暇をかけることで勝負するしかなくて、それやとけっきょく苦労と利益が間尺《ましやく》に合わん。配送料引いたら一個あたりの利益なんて雀《すずめ》の涙やし。――で、考えたんは代行や」

「ダイコウ？　代わっておこなう、代行？」

「そう、代行。たとえば、太郎くんはもう遊ばないゲームソフトを売ろうと考えた。せやけど中古ショップに売っても二束三文にしかならん。フリマアプリのほうが確実に高く売れる。Ｃ ｔｏ Ｃは中間マージンがないから当然やわな。けど、けっこう手間がかかるし、経験がないとどうすればいいのかもわからない。そこで、あたしの出番や。まず、太郎くんにはフリマアプリのアカウントをつくってもらう。もちろん親の許可も取ってもらってね。

　で、あたしはそのアカウントを借りて、出品を代行する。少しでも高値で売れるようにクリーニングもするし、きれいに写真も撮る。アプリに出品して、購入者とやり取りして、落札されたら発送する。でもあくまで売り買いした主体は太郎くんで、あたしはそれを手伝っただけ。古物の売買も、転売もしてへん。中古ショップよりはるかに高く売れて、いっさい手間もかからへんから太郎くんは満足。手数料を貰《もら》ってあたしも満足。もちろん安くいい品が手に入った購入者も満足」

　そう来たか、というのがまっさきに抱いた印象だった。

　たしかにそれなら古物営業法には引っかからないだろう。けれど別の法律に引っかからないのか、あるいはアプリの規約に引っかからないのかと疑問に思う。とくにアカウントを借りているところはかなり怪しそうだ。おそらくアウトだろう。

でも――、とも思う。亜香音の言うとおり、誰も損していない。みんな満足している。彼女は時間と技術を提供して、相手が納得したうえでその対価を受け取っている。

自分のなかでも答えの出ない、いろんな思いを呑み込んで、若き商売人を見やる。

「儲かるの？」

「ぼちぼち、かな」

「たとえば、中学生でもできるアルバイトは、少ないだろうけどなくはないよね。きちんと話をすれば学校も認めてくれるだろうし。そういうちゃんとしたバイトよりも儲かる？」

うーん、と亜香音は腕を組んだ。

「手間暇と、かかる時間を考えたら、たぶん、いや確実にアルバイトのほうが割はええやろな」

だったら――、というわたしの言葉を亜香音は遮った。

「でも、楽しいねん。どうやったらもっと儲かるか、どうやったら顧客が見つかるか、どうやったらもっと効率がよくなるか、どうやったらもっと満足してもらえるか、考えるのが楽しいねん。考えて、新しいアイデアを試して、失敗して、改善して、もっといい方法を考えて、その繰り返しが楽しいねん。さっきの話もいろんな試行錯誤の末に辿《たど》り着いたやり方やし、細かい修正はずっと繰り返してる。

人の下で、ただ言われたことをやる仕事も、いずれはやらなあかんと思ってる。資金を貯《た》めるために。でも、必要に迫られんかぎりは、許されるかぎりは、あたしはあたしの考えたやり方でお金を稼ぎたい。こう言うと不思議に思われるやろけど、儲かる儲からんは二の次やねん」

そう語る亜香音の瞳は、初めて見る輝きに満ちていた。

純粋に、わたしは応援したいと思う。なにかがあれば、全力で守りたいと思う。

わたしはあなたの味方だと示すように大きくうなずいたあと、けれど言うべきことを言う。

「たとえば、正規の手順を踏んでおこなうアルバイトなら、なにかがあったとき周りがあなたを守ってくれる。法律も、行政も、学校も、大人たちも。でも、非正規の手段でおこなったことでトラブルに巻き込まれたら、誰もあなたを守ってくれない。損をするのはあなた自身になる。そのことは、覚悟してる？」

亜香音は椅子の背もたれに大きく体を預け、険しい、あるいは不機嫌そうな顔で白い天井を見上げた。

「べつに、覚悟はないかな。そこまで考えてたわけやないし」

まあ、そうだよね、とわたしは思う。いくら大人びてても彼女はまだ中学生だ。でも、だからこそ進める道もある。

「だったら、そういうこともちゃんと考えなきゃね。世の中には本当にいろんな人がいるから。どれほど亜香音が誠実な商売をしていても、言いがかりをつけられることもあるでしょ。トラブらないための方法は最大限考えなきゃいけないし、もしトラブったときどうやって自分を守るかも考えとかなきゃいけない」

「止めへんのやね」

気の抜けたような声で亜香音は問うた。

「止めたって止まらないでしょ。それにわたしは子どもの純粋な情熱を止めるほど愚かな大人じゃないよ。亜香音ならもしなにかがあっても、大きなことにはならないって信用できるし。べつに失敗したっていいしね。死ぬわけじゃなし。死なないかぎりは、人生はだいたい大丈夫だよ。仕事で死にかけたわたしが言うんだから間違いない」

山で滑落したときのことを思い出し、わたしは笑った。

亜香音との話を終えたあとはまた立ち上がってのんびり窓の外を眺め、ときおり短い会話を彼女と交わしたり、意味もなく狭い室内を歩き回ったり、スマホを眺めたりしながら時間をつぶした。

覚悟はしていたけれど、想定よりもたっぷりと待たされたあとにようやく大角はやってきた。

「申し訳ないです！　ちょーっとバタバタしちゃって」

恐縮して体を縮こまらせている姿が可笑しかった。

あらためて挨拶を交わし、わたしは子ども食堂のあらましと現状、亜香音と璃久が参加するようになった経緯を掻《か》い摘《つ》まんで説明した。もちろん姉の三千香が悪態をついた件は語らず、璃久ひとりでの参加になった理由は適当に繕っておいた。

璃久の家が母子家庭であることは大角も把握していたようだが、母親が仕事や家事のできない状態がつづいていて、いわゆるヤングケアラーであることは知らなかったようだ。璃久自身が話さなかったのならそれも仕方ない。

「お恥ずかしい話ですが、担任のクラスならともかく、部活の子どもたちはそこまでなかなか把握できないのが現状で……」

大角はそう言い訳したが、学校の先生がどれだけの仕事を抱えているかは知っているつもりだ。残業代や休日出勤の手当も出ないなかで子どものためにと自分の時間を削っている。ここでこうして会って話してくれていることも完全にサービス労働であり、恐縮こそすれ非難する気にはなれなかった。

「そうですか、お姉さんの宮原三千香さんが家事いっさいを……。あ、彼女のことはよく知ってるんですよ」

「そうなんですね」

「彼女もうちの学校で、バスケ部でしたからね。女子は別の顧問がいますので部員全員はさすがに、ですけど、彼女は三年生のとき部長をしていましたから。一昨年、になりますか。何度となく話をしたことがあります。はきはき物を言うし、リーダータイプの子ですよね」

「ええ、ええ。そんな感じです。けっこう気も強い」

わたしが苦笑すると、「たしかに」と大角も笑った。

「バスケに対する情熱もすごく伝わってきました。女子の顧問の先生は特別バスケに関する知識はなくて、宮原三千香さんを中心に三年生が練習メニューや指導をおこなっていたそうで。あのころはすごくがんばってましたよ。クラブチームと違って、中学校の、とくに公立校の部活は年によってぜんぜん雰囲気が変わりますからね。彼女が部長のときは、たしか全中予選の、かなりいいところまで行ったんじゃなかったかな」

　なつかしむように目を細くする大角を見ながら、かなり話し好きの人だなと思う。ありがたいことだけれど、そろそろ本題に入らなければ。

「璃久くんが休部した経緯について、支障のない範囲で教えていただけますか」

「そうでしたね。話があったのは先月、十二月の十日くらいでしたか。しばらく部活を休ませてもらえないかと突然言ってきたんです。詳しく事情を聞くと、母親が病気になって、看病や家事やらを手伝わなければならないと。さっきも言ったように彼の母親が以前からそういう状態というのは知らず。だから、彼は嘘をついたことになりますね。

　退部ではないとしても、いま休むのはすごくもったいないと慰留はしたんですが、事情が事情ですしね。いずれにしても我が校の部活動は強制ではありませんから。休部したい、退部したいという生徒を止めることはできません」

　璃久は休部の理由で嘘をついていた。

顧問の大角は家庭の事情までは把握しておらず、そう言えばすんなり休部が認められるだろうと踏んだのだろう。つまり本当の休部理由は隠す必要があった、ということだ。

「嘘をついたと断言することはできませんよね」亜香音が言い、ふたりの大人の視線が集まる。「璃久くんの家はお姉さんが家事を全部引き受けてましたけど、事情が変わって、彼も手伝う必要ができたのかもしれません」

亜香音の敬語が新鮮で、そして敬語になると関西弁の匂いがなくなるなと、そんなことばかりに気を取られ話の内容が頭に入っていない。慌てて聞いた言葉をもういちど反芻《はんすう》しているあいだに、「なるほどな」と大角が首肯した。

「先生には母親の状況について話してなかったんで、説明を省いただけかもしれないな」

ようやく追いつく。

「でも、そうなるとどうして黙ってかすがい食堂にも来なくなったんでしょう。それならそれで、わたしにはちゃんと説明してくれてもよかったような気がします」

やはり別の理由があったんじゃないかと思える。もちろん推測にすぎず、事実を突き止めるためにはまだまだ情報が足りない。

「ちなみに、り——」大角に呼び方を合わせる。「宮原さんのバスケ部での状況は、どんな感じでしたか。同級生、上級生との関係、バスケの実力など、差し支えない範囲で」

大角はちらりと亜香音に視線を向けたあと、「ええ」と答える。

「それはべつにお話ししても問題ないでしょう。部活内での人間関係は、わたしにはとても良好に見えましたね。彼はムードメーカーやリーダータイプではないですが、かといって人付き合いが苦手でもなく、誰とでもそつなくコミュニケーションが取れる人間ですし。わたしはいわゆる体育会系的な上下関係はつくらないようにしていて、もちろん敬意や礼儀は大事ですが、ワンチームになるように心がけています。宮原さんは同級生とも上級生ともいい関係をつくれていたと思いますよ。しばらく休部すると知って、みんな残念がってましたしね。

それからバスケの実力ですが、素晴らしい素質を持っていると思います。バスケ勘というか、センスを感じる。身体能力も、スペシャルではないけれど悪くない。ただ、中学生年代だとよくあることですが、思考と体がうまくマッチしていない。実力という意味では、うちのスタメンとはまだまだ差がありますね。でも、それでいいと思ってるんですよ。この時期に完成して、こぢんまりとまとまっているよりいい。わたしはね、中学生でスタメンなんて取れなくたっていいと思っているんですよ。羽ばたく後半はとくに、饒舌《じょうぜつ》に大角は語った。バスケへの情熱が溢《あふ》れている。だからといって、いい顧問、いい監督とはかぎらないけれど、信用できる人物だという印象は受ける。

「勝利至上主義、ではないんですね」

「もちろんです。育成年代における勝利至上主義は弊害しかないですからね。いまはバスケ界全体で育成の改革が進んでいます。春日井さんはゾーンディフェンスってご存じですか」

「ごめんなさい。バスケットはあまり詳しくなくて」

「ですよね」と大角は小さく笑う。「人をマークするのではなく、ゾーン、つまり場所を決めて守るディフェンスのやり方です。これ、まだ技術の拙い世代だとめちゃくちゃ効くんですすよ。逆に言うとワンオンワン、一対一の能力が低くてもそこそこ守れちゃう。目の前の勝利を追い求めると、この世代にしか通じない歪《いびつ》な戦術ばかりが身について、将来本当に必要な個人の能力が育たない。そこで、いまは十五歳以下ではゾーンディフェンスが禁止されています。諸外国では当たり前の施策が、日本でもようやくって感じなんですけどね。

やっぱり日本って、甲子園とか箱根駅伝がわかりやすいですけど、学生スポーツが盛んじゃないですか。そしてそれがビジネス、金儲けと結びついちゃってる。夢とか栄光とかのニンジンを子どもにぶら下げて、育成年代での勝利至上主義が跋扈《ばっこ》する土壌をつくってる。大人の金儲けのために。そうなると子どもがスポーツを楽しむことができなくなる。未来に向けて育てることができなくなる。

難しいのは理解してますけど、少しずつでも改善していかなくちゃならないと思います。バスケはまあ、マイナーというか、残念ながら金儲けとは縁遠いから、改革をやりやすかったかもですけどね」

自嘲《じちょう》気味に笑ったあと、斜め上を見やり、うなずく。

「スポーツを愛する者として、日本でももっと多くの人が、一生涯スポーツを楽しむ国になってほしいですから」

正直、聞いているこっちが小っ恥ずかしくなるセリフだ。それを臆面《おくめん》もなく言えるところが、なぜだかすごく中学校の先生らしいと感じたし、いい先生なんだろうという思いも抱かせる。

答えはすでに出ていた。けれどせっかくここまで来たのだし、いちおう確認だけはしておく。

「当然ですが、暴力的な指導にも反対のお立場ですよね」

もちろんです、とこれまでいちばん力強くうなずいた。

「たしかに恐怖で人は動きますけど、わたしの元を離れたあとなにも残らないですからね。仮に強権的な指導や根性論で伸びる選手が十人にひとりいたとしても、取りこぼす才能のほうがはるかに大きい。スポーツが嫌になる子も出てきますから」

「でも、なかなかなくならないですよね」

「かなり減ってはいるはずですが。減れば減ったぶん、事件になったときに目立ちますから。とはいえ、旧態依然とした指導者はまだ少なからずいると思います」

「親も、そういう人を求めたりするのかもしれませんしね」

「まさに――！」我が意を得たりと大角は人差し指を立てた。「価値観のアップデートができていないのは意外と保護者のほうかもしれません。厳しい指導がいい指導だと勘違いしている人がまだまだ多い。けっきょく需要と供給なんでしょう」

「こちらのバスケ部では、生徒間の暴力もないと断言できますよね」

ふいに差し挟まれた質問に、大角の目はすっと細められた。いちど白い天井を見上げたあと、再びわたしの目を見て「そう、信じています」と力を込めて言う。

「学年による関係はなるべくフラットにしてますし、スタメンとベンチ、それ以外の部員など、立場による格差もつくらないようにしてます。もちろん生徒たちを常に監視しているわけではないですし、そんなことをしたくもない。春日井さんがどのような暴力を念頭に置いているかわかりませんが、部内での陰湿なイジメなどはないと思いますよ」

「ですよね、申し訳ありません。じつは先日、こんなことがありまして――」

亜香音を促し、先日璃久と会ったときの様子を話してもらう。

「腕の痣、ですか……」大角は難しい顔で腕を組んだ。「時期的に、うちの部活動でついたものではないですね。彼らの年齢だと、痣はできてもわりとすぐに消えますから。羨ましいかぎりで」

冗談っぽく言ったが大角はにこりともしなかった。

璃久が休部したのは十二月十日ごろ。亜香音が彼の腕に痣を見たのは、アニメ観賞会の前日だから一月の半ば。約一ヵ月開いている。鮮明な痣だったようなので、部活動でついたものではないだろう。

「同様に――」と大角がつづけた。「うちの部が原因の痣とも考えにくいですよね。彼はすでに休部していますし」

「はい。ただ、暴力がつづいている可能性は否定できないです。休部しても同じ学校には通っているわけですから」

「ええ、まあ、理屈ではそうなりますが……」

「いえ、お気を悪くされないでください。あくまで可能性の話です。ここに来るまでも、バスケ部内での暴力の可能性は低いだろうなと思っていたんです。今日、大角先生とお話をして、その思いはますます強くなりました」

これは本心半分、お世辞半分の言葉だった。

そのあと大角は、部内でイジメや暴力がないか、いまいちど調べてみると約束してくれた。

丁重に礼を述べてわたしたちは中学校をあとにした。

つくづく、彼はいい先生だと思う。

土曜日の午後の、平和な住宅街を歩く。まだお昼と呼べる時間帯で、寒くはあるけれど陽射《ひざ》しが体を仄《ほの》かに温めてくれて、心地よい。

「今日はありがとね。学校まで付き合ってくれて」

「うちはアフターサービスも万全で、顧客満足度の高さが売りやさかい」

おどけてだろう、ふだんは使わないようなこてこての関西弁だ。

「あ、そうだ。どっかでごはん食べて帰ろうか」

「ほんまに？　ラッキー」

「なにか食べたいもんある？」

「あったかいもんがええな」

「いいねっ」

亜香音と軽快に話をしながらも心は晴れない。

バスケ部顧問との情報交換は、けっして無意味ではなかったと思う。

大角が嘘をついているとは思えない。彼の語った指導方針は事実だろうし、強権的な指導や暴力といった、前代の遺物を否定する姿勢は心からの信念だと思えた。

ただ、強い光は濃い影を生む。

大角の指導が正しいゆえに、正しすぎるゆえに、その反動が歪《ゆが》みを生みださないともかぎらない。あるいは大角とはいっさい関係なく、彼のあずかり知らぬところで大きな事件が起きた可能性だってある。部員間に亀裂をもたらしたり、イジメのきっかけとなるような。

とはいえ、亜香音はバスケ部員と直接話をした。彼らの様子に怪しいところはなかった、という彼女の直感も信用できるものではある。

痣の謎は振り出しに戻った感があった。

そもそも、謎でもなんでもなかったのか。痣はたとえば、人に告げるのがとても恥ずかしい理由でついたものにすぎず、その動揺を亜香音が勘違いしただけだったとか。これればかりは実際に目にしていないので判断しようがない。

でも、それならむしろ喜ばしいことだ。暴力の可能性を案じて動いたことに間違いはなかったとも思う。璃久が休部した理由、かすがい食堂から離れた理由はわからないままになるが、家庭の事情、個人の事情に踏み込むだけの理由はいまのところ見当たらない。

やれることはやったはずだ。あとは大角の調査を待ちつつ、亜香音には引きつづき璃久の様子を見守ってもらうしかないか。

そう考えつつ、いつもの商店街に向かう。

以前は外食ばかりだったわたしだけれど、いまの仕事をはじめてからほとんど外で食べなくなった。仕事の日は祖母が用意してくれるし、休日でも適当に自分でつくるか、スーパーなどで調理済みのものを買う。

だからこのあたりの飲食店には疎いのだけれど、商店街に行けばなにかしらあるだろうと踏んだのである。

「あ、あそこはどう？」まだ商店街に入る前に、亜香音が道の先を指さした。ファストフード系のチェーン店だ。「ここのうどんがめっちゃ食べたなった」

「え？　わたしはかまわないけど、もっとこう、個人でやってるうどん屋さんとかそば屋さんでもいいよ」

　お礼として奢《おご》るのにチェーン店は少し申し訳ない気がする。かつてはよく利用していたし、充分においしいのは知っているけれど、やっぱり「早く、安く、そこそこのものを」がファストフード系チェーン店の存在意義だろう。

　ところが亜香音は呆《あき》れた顔で首を振る。

「わかってへん。ぜんぜんわかってへんわ」

「すみません」とりあえずあやまっておく。

「個人でやってる店には絶対入られへんねん。危険すぎる。汁が真っ黒の醤油《しょうゆ》漬けみたいなうどんが出てくるかもしれんやん。関西人にとっては自殺行為や」

「申し訳ありません」もういちど心を込めてあやまる。

　たしかにこのチェーン店のうどんは関西風で、わたしも大好きだ。

　券売機でふたりぶんの食券を購入し、スマホで決済する。

　ずっと現金主義というか、電子マネーには若干の抵抗を感じていたのだけれど、友人と食事に行ったときにまだ使ってないのかと驚かれ、いざ使ってみたらその利便性の虜《とりこ》になった。現金しか使えない店は面倒くさいと感じるようになったくらいだ。我ながら手のひら返しがすごい。

テーブル席に着いて待つ。お昼時とあってか店内はそこそこに混んでいた。

ふいに大きな声が聞こえて、びくりと肩が震えた。慌てて制止しようとする鋭い声。カウンターの向こう、厨房《ちゅうぼう》のほうからだ。わたしの席からはちょうど現場が目に入る。五十前後の女性が怯《おび》えた顔をしていて、そばには険しい顔の二十歳《はたち》すぎくらいの若い男性がいる。

「え？　なんで？　なんでそんなことしようとしたんですか？」

若い男の嫌みたっぷりの言葉。逆立ちしたキリンを見つけたような大げさな驚き顔。

「す、すみません」

年配の女性はおそらく新人アルバイトだろう。叱責《しっせき》している彼もまったく同じ制服なので、たぶん同じアルバイトだと思える。

「すみませんじゃなくて、理由を聞いてるんですけど」

呆れた調子の男の声音は嫌みの見本市に出展したいくらいに完璧《かんぺき》だ。

女性は言い淀《よど》み、身を縮こめるばかりだ。若い男はこれ見よがしに大きなため息をついた。

「さっき言ったこともう忘れたんですよね。ああもう、こっちはいいから空いた膳でも下げてきてください。それくらいはできますよね。いま忙しいんだから、ほんと」

吐き捨てて、若い男は奥へと消える。

胸くその悪くなる光景だ。客席にやってきた女性は苦いものを呑み込んだような強《こわ》張《ば》った顔をしていて、つい目を逸《そ》らしてしまった。

男がアルバイトならばなおさら、店に非はないと思うけれど、届けられたうどんもまずく感じる。

義務的に食事をしながら、先ほど聞いた大角の言葉、昨夏に起きたナツミの事件で木村エミリーから聞いた言葉を思い出す。

日々子どもと接する者として、しつけや教育についてもっとちゃんと向き合わなければ、という思いはわたしなりに実践していた。本を読んで勉強しただけながら、多くの学びがあったし、気づきもあった。

大角が、エミリーが言っていたとおり、叱《しか》る、高圧的に命令する、恥をかかせる、罰則を与える行為は最も愚かしい教育方法だ。言うまでもなく体罰などの肉体的暴力は問題外である。これは子どもへのしつけも、従業員や部下への教育もまったく同じであり、世界中の心理学者、研究者が声を大にしている。

本人のやる気を著しく挫《くじ》き、本人の能力を著しく減退させる。反発を招き、憎悪を溜《た》めるばかりで忠誠心も下がる。叱れば叱るほど相手は見えないところで手を抜こうと考えるばかりになり、親にとっても会社にとっても組織にとっても百害しかない。

にもかかわらずこの間違った思考はいっこうに減らないし、いまも若い人が叱責の呪縛《じゅばく》に毒されているように、世代にかかわらず浸透している。

けっきょく他人を叱るという行為は、親であれ上司であれ先輩であれ、当人の鬱憤《うっぷん》晴らし以外のなにものでもないのだ。だから見ていて不快になる。叱るのは相手のためだ、という間違った正当化を信じているからよけいに厄介でもあった。

あの若い男も被害者なのかもしれないが、晴らした以上の鬱憤が今度は年配の女性に溜まっただけだ。鬱憤の連鎖になにひとついいことはない。

気づけば亜香音は食べ終えていて、わたしはまだ半分以上残っていた。

けれど負の感情にあてられたせいか、箸を持った右手が動かない。実際はどうかわからないけど、あの男がつくったもの、という嫌悪感もあった。

そっと亜香音を見やる。

「もうおなかいっぱいなんだけど、もしよかったら食べる?」

「ええの?」

「気にならないんだったら」

「知らん人の食べさしは嫌やけど、楓子姉さんのやったらぜんぜん」

喜んで亜香音に食べてもらう。うどんに罪はないし、食べ物を残すわたしの罪悪感もなくなる。彼女に感謝だ。

手持ち無沙汰を紛らすように店内の宣伝ポスターを眺めていると、例の若い男が別の客の注文を運んできた。先ほどとは打って変わって客に愛想よく応対していて、きっとバイト歴も長く、仕事ができる人物として社員の受けもいいんだろうなとぼんやり思う。べつにあらためて嫌な気分にはならなかったし、彼は彼で発散できないいろんな思いを呑み込んでいるんだろうと同情も覚える。

そのときふと、気づくことがあった。

「そうか」と声に出してつぶやいていた。亜香音がうどんをすすりながらこちらを見やるが、気にせず摑《つか》んだ糸をたぐり寄せる。

大角はとても、とても重要なヒントを与えてくれていた。おそらく十中八九間違いない。けれど、いちおう確かめておきたい。埋められる外堀は埋めたい。

「亜香音、申し訳ないんだけど、もういっこ依頼してもいいかな。もちろん報酬は別途払う」

「できることやったら」

「大丈夫、前回より調査自体はすごく簡単だと思う。中学校の、ある関係者の生徒から話を聞きだしてほしい」

うどんをごくりと呑み込み、こちらを見据えて自信たっぷりに親指を立てる。相変わらず中学生らしからぬ貫禄《かんろく》と信頼感だ。

＊

二月頭の吹きさらしの公園は寒い。わかってはいたことだけれどベンチでじっと座っていると、さらに寒さが身に沁《し》みた。

唯一の救いは弱くとも陽光が降りそそいでいることだ。夏場は恨み辛《つら》みしかない太陽も、この時期はあらんかぎりの感謝を捧《ささ》げたい。

全体を一望できるくらいにはこぢんまりとした公園である。街区の隅につくられた児童公園ほど狭くはないけれど、総合公園のような広さはない。中央に円形の広場があり、それを取り囲む歩道があって、周囲にはブランコや雲梯《うんてい》といった遊具が配置されている。周囲の一角——というか一辺と言うべきか——には藤棚《ふじだな》の下に背もたれのないベンチが並んでいて、そのひとつにわたしはひとりで座っていた。

中学校でバスケ部顧問の大角から話を聞いて、ちょうど一週間。土曜日午後の公園にはブランコ周辺で遊ぶ子どもたちが数人、動物を象《かたど》った動かない遊具が置かれたスペースにふた組の親子がいるが、いずれも距離は離れていて藤棚のあたりに人けはなかった。風に乗って子どもたちの無邪気な声が届く。

樹木がほとんど見当たらない公園だな、と考えていると「春日井さん」と声をかけられた。待ち人来たる、だ。

「今日はわざわざありがとね」

三千香は「いえ」とだけ短く答えた。

柄のないベージュのセーターと黒いパンツに、分厚い紺のコートを羽織った簡素な出《い》で立ち。けれど背が高くスタイルのいい彼女だとそれでもさまになっていた。

この公園は彼女が指定してきたもので、宮原家にほど近い場所にある。大事な、大事な話があるから少し時間をくれないかと連絡し、最初は渋っていた彼女だったが、璃久に関する話だと言えば渋々ながら了承してくれた。

三千香も同じベンチに腰かける。

「寒いですし、手短にお願いします」

その距離、目測で約五十センチ。見知らぬ他人とベンチを共有するときでもぎりぎり許容できる他人行儀な距離感。

「そう言うと思ってこんなものを用意してきたんだ」

わたしは保温容器に入れてきた豚汁を、使い捨てのスープ容器にそそぐ。もちろんふたりぶんだ。はい、と割り箸を添えて差し出すと、呆気《あっけ》に取られた顔で「そうじゃなくてっ」と三千香は憤る。

「べつに温かいものを要求したわけではないです」

「食べないの？　おいしいよ」

「……まあ、せっかくですからいただきますけど」

「豚汁はね、みそ汁も具も体を温めてくれるスーパーな食べ物なんだよ」

「知ってます、それくらい」

「あと、この豚汁の具、冷凍なんだよ。ほんと簡単につくれてオススメだよ。あ、これも知ってるか」

三十秒ほど豚汁を食すふたりぶんの音が響く。やっぱり豚汁は体が温まるしおいしいし、最高だ。

「先月、一月の十日前後なんだけど、亜香音が学校で璃久を見かけて、話をしたんだ。亜香音、覚えてる？　中学二年生の、関西弁の子」

彼女が見た璃久の腕の痣、狼狽《ろうばい》を見せた彼の様子を語った。

「不穏なものを感じたし、かすがい食堂のみんなで話し合って、バスケ部が怪しいんじゃないかってなったわけ。で、亜香音にもいろいろ調べてもらって、顧問の先生にも話を聞きにいった。大角先生、覚えてるよね」

「その言い方だと、先生から聞いたんですよね」

「うん。同じ中学であなたもバスケ部に入ってて、三年生のときには部長だったたって」

「手短にお願いしたいんですけど」

「これでも手短にまとめてるつもりだよ。半井結美《なからいゆうみ》さん、もちろん覚えてるよね。同級生で、当時副部長としてあなたを支えていた子」

三千香は空になった容器をベンチに置きつつ、不信感を露《あら》わに目を細めた。

「なんの、話ですか」

亜香音には二年前の宮原三千香部長時代を知る、現在の女子バスケ部三年生に話を聞いてもらった。つまり当時の一年生だ。

わたしはそれだけでも充分だと考えていたのだが、亜香音はさらに部員経由で当時の副部長、半井結美にもアポイントを取り、わたしもいっしょに話を聞くことができた。彼女の証言はわたしの確信を深めるもので、わざわざ証言してくれたのは、彼女自身の罪悪感を薄めるためだったと思っている。

「半井さんは別の高校に進学して、連絡を取り合うこともなかったようだから現状は知らないだろうけど、彼女はいまも高校でバスケをつづけてる。そして彼女は中学生のときのことを後悔してる」

三千香の瞳が揺れたけれど、その感情を読み取ることはできなかった。

「三千香さんは部長になってから、大胆にバスケ部を改革したんだよね。それまでの緩んだ空気を引き締め、本気で勝ちを目指すチームに変えようとした。半井さんを含め、ほとんどの三年生もあなたの思いに賛同した。当然練習量は増えたし、与えられた課題を達成できなかった部員は罰として、さらなる自主練も課せられた」

「それで実際、チームは強くなった。なにも問題はなかったはずですよ」

「問題はあったでしょ。夏休み中、与えられた罰則のランニングがきつすぎて、グラウンドに倒れて動けなくなった一年生がいた。あなたは地面を蹴って彼女に向かって砂をかけ、いつまで寝ているのかと怒鳴った」

「砂をかける意図はなかったですよ。気づいてもらうために地面を蹴っただけ」

「そんな優しいものじゃなかったし、相手を縮み上がらせるための明らかな恫喝《どうかつ》だったと、当時の一年生も、半井さんも言ってる」

「わたしにそのような認識はなかったです。水掛け論ですね」

「水掛け論じゃない。夏場に倒れた子がいたなら、急いで介抱するべきだったでしょ」

「意識はあったし、ただサボりたいだけだと判断したうえです」

「あなたの認識はどうかわからないけれど、怒鳴った時点で、地面を蹴った時点で、それはもう明白な暴力。とにかく、これはあくまで一例で、ほかにも似た話はいくつもあったはず。

　女子バスケの顧問はほとんど放任状態だったし、大角先生の主義は知っていたから、厳しい練習の実態は彼には見つからないようにしていた。部員にも箝口令《かんこうれい》を敷いていたみたいだね。だから表立って問題になることはなかったけど、バスケ部を辞める人は増えた」

「おかげで精鋭が残って、わたしたちは強くなりました。最後の大会、残念ながら目標は達成できなかったけれど、試合を終えて部員全員涙を流して抱き合いました。一年生も三年生も関係なく、です。それは全員が厳しい練習を耐えきって、全力でやったから流せた涙です」

「そこだけ切り取れば美談でしょうね。でも、バスケをやりたくてバスケ部に入って、辞めざるを得なくなった人はどうなるの」

「どうなると言われても、仕方がないとしか言えないですよね。予選敗退とはいえ努力の証《あかし》は残せたと思いますし、辞めた人はそこに辿り着くだけの力がなかったとしか」

「だから切り捨てられて当然だと」

「わたしが一、二年生のときは、仲よしこよしでだらだらやって、なんの結果も残せず、なんの充実感も得られない部活動でした。それが理想だと春日井さんはお考えなのでしょうし、それを否定するつもりはないです。でも、それはわたしの考えとは違うというだけです。価値観の相違としか」

「違う、そんなことは思ってない。あなたがおこなったのは、最も安易で、最も稚拙《ちせつ》なやり方。全力でやって、やりきった充実感を得られるし、けれど脱落者を出さない方法がある。脱落者が出ないから必然的に集団としての力が上がるし、もっといい結果が出る。それができなかったあなたは、部長として無能だった」

ここまでほとんど視線を交わさず、互いに投げ捨てるような会話がつづいていた。しかし「無能」だとわたしが言いきると、三千香は鋭い目を向けてきた。久しぶりに視線が交錯する。

彼女の瞳に宿る感情は、今度はさすがにすぐにわかる。怒りだ。

「好き勝手なことをおっしゃるんですね。言うだけなら誰でもできます」

わたしはなるべく興奮しないように努め、落ち着いた口調を心がける。

「そうだね。それは認める。でも、あなたのやり方を認めるわけにはいかない。現実に被害を被った人がいるのだから。グラウンドに倒れた一年生、それからすぐに部を辞めたよね。大好きだったはずのバスケが、大嫌いになってしまった」

現在三年生の彼女からも、亜香音は直接話を聞いてくれた。

「その程度の思いだったというだけの話です」

「彼女は、日本の女子バスケ界を変えるとてつもない逸材だったかもしれない」

「ありえない話をされても困ります」

「ありえなくはない。あなたは可能性のひとつをつぶした。あなただけじゃないし、バスケだけじゃない。間違った暴力によって、そうやってつぶされた可能性がいったいどれほどあるか」

三千香はすっくと立ち上がった。周囲の冷気にも負けない冷ややかな目でわたしを見下ろす。

「もう、帰ってもいいですか。昔の話を蒸し返してわたしを非難したいのでしょうけど、そんな権利はあなたにないでしょう」

「被害者はバスケ部を辞めた子だけじゃない。宮原璃久、あなたの弟もだよ」

変わらず睨《にら》みつけているが立ち去る気配はなく、けれど言葉は発さなかった。わたしは大きく息を吸う。

「璃久はバスケ部を辞めたよ。正確には休部だけどね」

三千香の目が大きく見開かれた。璃久が休部の事実を姉に黙っていることは状況から推測できていた。

口がだらしなく開き「嘘……」と漏れる。

「嘘じゃないよ。三千香さんは弟に個人的にバスケの特訓をしていたんだよね。この公園を使ってたのかな。亜香音の見た痣は、そのときついたものだった」

「暴力は振るってない」

目を逸らし、公園の中央を彼女は見つめた。

動物の遊具スペースにいたふた組の親子はいつの間にか姿を消し、ブランコにいた子どもたちはふたりに減っている。その代わり、犬を連れたおばあさんが公園を横断するように中央広場を歩いていた。

　大角と最初に交わした雑談。二年前、三千香が中学三年生のときにバスケ部の部長だったという事実。その年はすごくがんばっていて、強くなったという事実。それが答えだった。

「その言葉は信じるよ。勢いあまってぶつかっただけかもしれないね。でも、璃久にとってその痣は人に見られたくないものだった。だから咄嗟《とっさ》に隠した」

「どうして！」三千香は叫び、半回転するように体ごとわたしに向き直った。「璃久のために、わたしは、わたしのできることをやっただけ」

「それは本当に璃久のためだったの？」

「当然です。うちはお金がないから、弟をBユースやクラブチームに入れてやることはできない。それが悔しかった――」

　Bユースというのはプロクラブのユースチームだ。たとえば先日おこなわれた十五歳以下の全国大会、ジュニアウインターカップには中学校のバスケ部も出場しているものの、上位はほぼBユースやクラブチームばかりである。もちろんチームによりけりだろうが、恵まれた設備や優れた指導者、一貫性、切磋琢磨《せっさたくま》できる仲間、ロールモデルの存在などは、やはり一部の私立校を除いて部活動では真似《まね》できないものだ。

「だから、自分のできることはしてあげたかった」

先ほどと同じ言葉を三千香は繰り返す。

「それはかつての部長時代のように、厳しいものだったんだよね。どうして？」

「どうしてって、スポーツの練習というのはそういうものです。限界を超えなければうまくならないし強くもならない」

「それと厳しくすることはイコールじゃない気がするけど」

「お言葉ですけどスポーツの経験は？」

「ごめん、まったくないんだ」照れ笑いを浮かべる。

「じゃあ、素人は黙っててください」

「あなただって教えるのは素人のはずだよ。それに、だったらどうして璃久はバスケ部を辞めて、痣を隠そうとしたのかな。誇らしいことならべつに隠す必要はなかったよね」

「そんなの知りません。バスケ部でなにがあったのか」

「それがなにもないんだよ。璃久はね、クラスメイトの、バスケ部じゃない友人にだけ休部の理由を語ってるんだ。『バスケをつまらなく感じてしまった』って」

三千香は固まっているように見えた。

亜香音による二度目の調査で聞き出すことができた証言だ。

大角による調査でも、やはりバスケ部内部に暴力や問題は見当たらなかった。教師による聞き取りでは見えないことも多いだろうが、亜香音の調査と合わせればバスケ部が原因でないと考えたほうがいい。

「わたしはこれ、本音だと思う。バスケ部じゃない相手だからこそ、言えたことだったと思う。あなたは璃久のためを思って個人的にバスケの特訓をしていた。それはかつての部長時代と同じくスパルタ式の厳しいものだった。璃久はだんだんそれが心の負担になっていったんだと思う。それが理に適《かな》った、自身の成長に繋がるものならまだしも、成長期の過度なトレーニングは逆効果にもなりうる。

けれど彼は、姉に特訓をやめてくれとは言えなかった。だからなにも言わず特訓を受けつづけた。その代わりバスケ部を辞めた。練習量を減らす意図もあったかもしれないけど、バスケをつまらなく感じるようになってしまったから。その理由はもちろん、あなたの特訓にあった」

ずっと立ったままだった三千香が再びベンチに腰かけた。距離は最前と同じ。こちらを見ず、まっすぐ前を見据えていた。

「それって全部、春日井さんの想像ですよね」

「全部は心外だなぁ」

わたしは苦笑する。

実際、璃久から直接話は聞いていない。聞いても真実を話してくれるとは思えなかったし、ふたりで解決してほしいと思ったからだ。

「璃久は放課後、図書館で時間をつぶしていたんだよ。そして練習着でランニングして汗をかいていた。あなたに休部のことを知られないためにね。彼が、どうしてそこまでする必要があったと思う?」

「わかりませんよっ」苛《いら》つくように三千香は言う。「さっきも言いましたよね。バスケ部でなにがあったかはわかりませんって」

「わたしもさっき言ったよ。バスケ部ではなにもなかった。バスケ部が原因なら、璃久は必死に休部の理由をあなたに隠しはしないよ」

「もしわたしの特訓が嫌なら、はっきりそう言うはずですよ。璃久は優しい人間ですけど、姉弟間でははっきり物を言います」

「言えなかったんだよ。宮原家の平和を守りたかったから」

「平和?」

「宮原家では三千香さんがすべての家事を負担していた。にもかかわらず特訓が嫌だと言ったら、あなたは傷つくし、いろんなものが壊れるって彼は気づいてた。だから最も無難で、宮原家の平和を維持する方法は、自分が特訓を受けつづけることだと璃久は考えた。たとえバスケ部は辞めても」

「そんな大げさな」三千香は芝居じみた仕草で笑う。「特訓を拒絶する理由を聞きはしたでしょうけど、傷つきはしませんよ」

「嘘だ。傷つくし、怒ったよ。だってあなたが璃久を特訓したのは、彼のためじゃない、自分のためだもの」

三千香がこちらを睨みつけるのを視界の端に捉《とら》えたけれど、気にせずつづける。

「あなたはバスケに情熱をそそいでいた。バスケが大好きだった。でも、それをあきらめざるを得ない状況に陥った。母親の怪我《けが》によって、ね。三千香さんはとても責任感が強いし、他人に厳しいぶん、自分にも厳しい人間だとわかる。その代わり、あなたは璃久に自分の夢を託した。彼が成功することで、自分が果たせなかった夢を果たそうとした」

「そうですよ！」怒ったように彼女は言う。「わたしはすべての夢をあきらめた。その夢を、璃久に託した。それのどこがダメなんですか！」

「ダメに決まってるでしょ！　身勝手な希望や理想を子どもに押しつける親と同じじゃない。紛れもない虐待だよ。璃久の人生は、璃久のものだ。だから彼は逃げ出したんだ。姉から逃げ出せば、家族はバラバラになると考えた。だから彼はバスケから逃げ出したんだ。家族の前ではなにも変わってないように装って。優しい、璃久らしい選択だと思う。同時に、家族と向き合えない彼の弱さかもしれない」

「信じない……」再び前を見据え、三千香はつぶやく。目の端から溢れた涙がこぼれる。「わたしは……わたしは……」

伝えたいことは伝えた。

あとはふたりで、宮原家で解決することだろう。

母親も、三千香も、璃久も、宮原家はみんな自己犠牲の精神が強くて、でもそれは自己愛の裏返しで、まとまっているようで、じつはバラバラだった。

「ぶつければいいよ。母親にも、璃久にも、自分の思いを。全部ひとりで背負い込むことはない。ま、このセリフは璃久にも言いたいことだけどね」

三千香は泣いた。悔しそうに泣いた。

その悔しさがわたしに向けられたものなのか、自分自身に向けられたものなのかはわからない。でも、わたしを恨むならとことん恨めと思う。いまだけなら。

彼女は頭が固くて、性格も悪いけど、愚かな人間じゃない。

遠く、対面にある複雑な形状のすべり台で遊んでいた子どもたちが、こちらを指さしてなにやら話をしている。会話が聞こえる距離ではないので、わたしたちの様子から不審なものを感じたのだろうか。

いまはそっとしておいて、とわたしは子どもたちに笑みを向けた。表情が見える距離でもなかったけれど。

＊

「本日のかすがい食堂のメニューはみんな大好きハンバーグ。けれどただのハンバーグじゃなくて、つなぎなしのハンバーグです。題して《絆《きずな》がなくても繋がるハンバーグ》！」

ようやく冬のピークがすぎ、まだまだ寒いけれど季節が春へとゆっくり、ゆっくり移ろいつつある三月初め。

今日のかすがい食堂はいつものメンバーに加えて、久しぶりに璃久が参加していた。三千香がいないのは残念だけれど、彼女らしいといえば彼女らしい。

璃久が加わるのは昨年十一月以来で、復活ではなく、あくまで今日だけのゲストだった。

昨年、三千香と璃久が参加したかすがい食堂で三千香が語っていた「ハンバーグにつなぎは不必要」説。今回はそれを実践しようというわけである。繰り返すがこの場に彼女がいないのが残念だ。

調理方法にはさらにもう一点、工夫を凝らす。

わたしもくだんの本を読み、ほかにもいくつかの情報を参考にした結果、焼く前に肉だねの温度を上げるのが御法度なのはほぼ間違いないことがわかった。フライパンに載せるまで肉だねはなるべく冷えた状態を保ちたい。

そこで捏《こ》ねるときはへらを使い、肉だねの空気を抜くために両手を行き来させることもしない。そもそもキャッチボールで空気が抜けるというのは完全な誤解で、そんなことをする必要性はいっさいない。体温によって肉だねの温度が上がるデメリットが大きく、ただし成形しやすくなるというメリットはある。今回はデメリットを重視した方法にした。

常識だと思っていた調理方法も、疑って検証してみればいろんなことがわかるものである。でも肉だねを両手でパンパンやるのは気持ちいいし楽しいし、あえてやるのもありだ。料理は楽しいのがいちばんだし、自由なのだから。

ハンバーグ以外にもいくつかの副菜をつくるので、それぞれの担当に分かれて料理に取りかかる。わたしはハンバーグ担当ではなかったので、成形をはじめたタイミングで翔琉に聞いてみた。彼はかすがい歴も長く、何度もここで従来の方法でハンバーグをつくっている。

「どう？　つなぎなし、キャッチボールなしのハンバーグは」

「うん。そんなに大きくは変わらないかな」

うんうん、とわたしはうなずく。じつはすでに何度か個人的に実験をしていて、同じ感想を持っていた。

ただ――、と彼はつづける。

「手を使わないで形を整えるのが、やりにくい。慣れてないから、かもしれないけど」

「同感」と同じくハンバーグ班の亜香音が言う。「めっちゃ手ぇ使いたくなるわ」

はは、とわたしは笑った。「すごくわかるけど、とりあえず今日はその方法でお願い」

すべての料理が完成し、食卓を囲む。

迷うことなく、いの一番にハンバーグを食す。何度か実験していたのでわかってはいたけれど、問題なくおいしい。同様にまっさきにハンバーグに箸を伸ばした亜香音が「おいしいやん！」と叫んだ。

「ちょっと硬いけど、二割増しくらいでおいしいね。

「ほんと？」翔琉が疑義を呈する。「ぼくはいつものほうが好きかも」

「ほんまに？――ティエンはどう思う、ってまだ食ってへんのかい」

「ごめんなさい。すぐに食べます」

わたしは「ティエン」と呼びかけ、菩薩《ぼさつ》のような笑みを向ける。

「気にしなくていいから。自分のペースで、自分の好きなものから食べてね。関西人のツッコミに負けちゃダメ」

「はい。ありがとうございます」

と言いながらもすでに箸はハンバーグに伸びていた。祖母が食べているのを見て、代わりに尋ねる。

「おばあちゃんはどう？　いつものハンバーグとの違いは感じる？」

ゆっくりと咀嚼し、嚥下《えんか》してから祖母は告げる。

「そうだね、いつもより硬いし、肉の食感を強く感じる気がするよ。充分においしいんだけど、あたしも翔琉といっしょで、いつものほうがハンバーグらしくて好きかな。でも若い人はこういう、最近は肉々しいって言うんだっけ、こういうやつのほうが好きなんじゃないかい」

　祖母の感想は納得できるものだった。つなぎなしのほうが肉の風味がダイレクトに伝わってくるのは、まず間違いない。

　けれど祖母とは違い、わたしはこっちのほうが断然好みだ。ハンバーグは肉だ！　ということを思い出させてくれるし、高級感もある。一方でやはりそのぶん硬さはあるし、好みが分かれるのも理解できた。

「おいしいです」ティエンが突然言った。「すごくおいしいです」

「前食べたんと比べてどうなん？」亜香音が問う。

「えっと、前のもおいしかったです。今日のもおいしいです」

「答えになってへんやん」

「まあまあ。ひとつ確実に言えるのは、ハンバーグにつなぎはとくに必要ない」

　小さな笑いが起きる。でも璃久はぎこちない笑い方だった。みんなに話すと同時に、彼に向けてわたしは言葉をつづけた。

「三千香さんが言ったことは間違いなかった。でも、それと絆の話は関係ないよ。ハンバーグはハンバーグ、人間は人間だからね」

今日、璃久がかすがい食堂に参加することは、彼自身から提案があった。きちんとした説明なしにかすがい食堂に来なくなったこと、腕の痣の件で亜香音をはじめみんなに心配かけたことを謝罪したい、という理由だった。加えて、宮原家に起きたことを説明したいとのことだった。

ハンバーグの話題が一段落したあと、璃久はまず謝罪をし、次いで自身の葛藤について話しはじめた。

「姉さんがバスケの特訓をしてくれることは、最初は素直に嬉しかったんです。でも、だんだん大角先生の指導方針との食い違いを感じるようになってきて。ぼくとしては大角先生の指導のほうが共感できて。でも、姉さんがあれほど真剣に取り組んでいたバスケをやめるしかなくなって、家のことを全部引き受ける代わりに、その思いをぼくに託しているのもわかってて……」

姉に特訓をやめてほしいとは言えなかった。言えば、家族がどうなってしまうのかわからなかったし、怖かった。もう少し練習量を減らしてほしいとも言い出せなかった。言ったところで、甘えるんじゃないと窘《たしな》められるのは目に見えていたから。

だから学校の部活動と、姉の特訓を両立させるしかなかった。

しかし秋口ごろから蓄積した疲労が体と心を蝕《むしば》む。

「どちらかというと、心の疲労のほうが大きかったかなと、いまになってみると思います」

大角は成長期のオーバートレーニングはダメだと口酸《す》っぱく注意していて、璃久は自分でもこれはよくないと思っていた。抜けない疲労や痛みも着実に増えていた。

かすがい食堂に来なくなったのはそのころだ。ひとりで過ごす時間をつくりたかったのだという。

「家族にはかすがい食堂に行ってるふりをして、食事はコンビニで買ったパンとかで済ませて、公園でぼんやりしたり、ぶらぶら散歩したりとか。正直、食事の量は満足できなかったですけど、それよりもひとりで過ごしたかったんです」

それだけ心が疲れていたのだろう。かすがい食堂の時間は璃久がひとりになって心を休めるための時間となったが、それで解消できる問題でもなかった。

彼は悩んだ末に、バスケ部を休部することにした。

言うまでもなくオーバートレーニング状態を少しでも解消するためだ。この期に及んでも、姉に特訓の中止を求めることは璃久にはやはりできなかった。

退部してしまうのはさすがに葛藤があったし、休部としたほうが顧問も認めてくれやすいだろうと考えたようだ。ある意味、問題を先送りしただけの決断だったかもしれませんが、と璃久は語った。

「そして、亜香音さんに腕の痣が見つかって。あれはワンオンワンでディフェンスを躱《かわ》す特訓をしていたとき、姉さんの肩に思いきりぶつかってできたもので……」

咄嗟に隠してしまったのだという。

顧問がオーバートレーニングを戒めていたのだから、三千香の特訓はバスケ部仲間に知られてはならないものだった。休部したあとも同様だ。部活動をしないでバスケの練習をしているとは知られたくない。

特訓の露見は絶対に避けなければならない、という思いが璃久のなかに強く根づき、それが亜香音との会話のときにも表出した。

念のため、特訓中に体罰のような肉体的な暴力を振るわれることはなかったか、とわたしは確認した。

「はい、それはなかったです。ただ、厳しいのは、厳しかったです……」

言い淀んだ璃久は苦しげな笑みで、かなり激しい言葉は浴びせられたことが想像できた。

そして一ヵ月前、公園でおこなわれたわたしと三千香の話し合い。

その後、まずは三千香と璃久で話し合ったようだ。そこで姉に促され、初めて璃久は素直な気持ちを吐露することができた。

彼女は、とてもつらそうに璃久の告白を聞いていたという。

「そして姉さんは、あやまってくれました。冗談交じりのものはともかく、姉さんがぼくに真剣に謝罪するなんて、たぶん初めてだったと思います」

その話を聞いて、わたしは肩の力が抜けたような気持ちで、小さな安堵を結んだ。

一ヵ月前の公園で、彼女と最後に交わした会話を思い出す。

しばし声を出さずに涙を流した三千香は、うつむき加減のまま、少し前の地面を見つめながら言った。それでも、気丈な声で。

「わたしは、間違っていたんですか」

「それは、なにについて？」

「中学三年生のとき、部長としてやったこと。母が倒れたとき、弟のために、すべてを引き受けたこと。璃久に厳しい特訓を施したこと」

安易な返答にならないよう、じっくり考えた。土曜午後の時間はゆっくり流れている。

「ここでわたしの答えを言っても、たぶん意味がないと思う。あなたは他人の言葉を鵜呑《うの》みにするような人間じゃないし、それがあなたのいいところだと思うし。時間がかかっても、自分で答えを見つけるしかないんじゃないかな」

「無責任ですけど、適切な返答だと思います」

ふふ、と笑みがこぼれる。どうやらお褒めの言葉をいただけたようだ。

先ほど以上にじっくり時間をかけて考えてから、次の言葉を話した。

「ひとつだけ。この手の話をすると、絶対に出てくる反論がある。甘やかすのがいいことだとは思えない、ってやつ。勘違いされやすいけど、誰も甘やかせなんて言ってない。親とか、コーチとか、導く側には常に厳しさが必要だし、大切。けれど厳しさとは、相手の体をいたぶることじゃない。相手の心を傷つけることじゃない。間違っていると思える行動や考えに対し、こちらの思いを伝え、相手に受け入れてもらうこと。そしてそのためには、相手が、こちらの思いや言葉を受け入れられる状態でなければならない。でなければ届くものも届かない。その状態をつくるのに、威圧、叱責、暴力は、まったくの逆効果でしかないということ」

何度目かの沈黙が流れる。けれど、不思議と居心地は悪くなかった。わたしたちに興味を失った子どもたちの声だけが公園には漂う。

やがて「わかりました」と三千香は静かに言った。気丈さは消え、ふだんと変わらぬ自然体の声音だった。

「おっしゃるとおり、鵜呑みにはしません。でもまあ、せっかくですから、心の片隅くらいには留《とど》めておきます。今夜には忘れてしまうかもしれませんが」

最後の言葉にわずかに笑いが含まれていたのは、気のせいではなかったはずだ。彼女の嫌みではない軽口を、初めて聞いた気がする。

別れの言葉もなく、手を振ることもなく、それで三千香とは別れた。気づけば隣に彼女の姿はなかった、というのが正確なところか。まるで最初からいなかったかのような気さえした。

藤棚のベンチには空になった豚汁の容器がふたりぶん残されていて、それだけが三千香が存在した証のように思えた。

以来、彼女とはいちども会ってないし、連絡もなかった。連絡を取ろうとも思わなかった。少なくともわたしの思いは伝わったはずだと、確信できたから。

だから璃久の言葉を聞いて、心から嬉しかったし、安堵した。

三千香は自らの過ちを認め、謝罪した。わたしたちにではなく、あやまるべき相手に。もしかすると自分が部長だった時代に辞めていった部員にも、なんらかの行動を起こしているかもしれない。

その後、母親を含めて宮原家でも話し合いがおこなわれたようだった。

「それで、ぼくも家事を手伝うことになりました。姉さんと半々とまではいかないですけど、三割か、四割くらいは手伝えるように。というのもバスケ部に戻ることになったんで」

「よかったです！」

喜びの声を上げたのはティエンだった。

じつは璃久のバスケ部復帰は、亜香音経由で事前に聞かされていた。彼女自身にも勝手に情報が入ってきたらしい。亜香音が璃久のことを気にかけていると思い込んだ顧客が気を遣ったようだ。

「三千香さんは？」わたしは気になっていたことを尋ねた。「バスケ部に復帰するとか、そういうのは」

「いえ――」と璃久は首を振った。「ぼくも勧めたんですけど、そのぶんの時間はバイトを増やしてお金を貯めたいって」

「家計の足しに、とかじゃないよね」

それでは夢をあきらめた彼女にとって、なにも変わらないことになってしまう。

「はい、違います。姉さんは、可能なら大学に行きたいって。奨学金という手もありますけど、借金はなるべく少ないほうがいいからと」

「へえ、大学か」

かなり意外な気がした。

「自分はプレイヤーとしてもトレーナーとしても中途半端だったって。いまからどれだけがんばっても一流のプレイヤーになれる気はしないけど、一流のトレーナーだったらなれるかもしれない。だからきちんとスポーツ学を学びたいって言ってました。母も応援してて」

「そっか……」

彼女が謝罪したと聞いたとき以上に嬉しかった。じんわりと温かい気持ちに包まれる。鵜呑みにせず、自ら学ぼうと決めたのは、彼女らしい選択だと思う。

翔琉がふいに尋ねた。

「璃久くんは、やっぱりバスケの選手を目指すの？」

うーん、と笑い含みの困り顔で璃久は首をかしげた。

「バスケは好きだし、やれるところまではやりたいと思ってる。でも、正直、プロになるとかはぜんぜん現実感なくて。それよりいまは、料理人もいいなって思ってて」

ええっ！　と驚きの声が同時に上がった。彼は照れた様子でつづける。

「ここで、料理ってけっこうおもしろいなって思ったんです。学校の授業でやったときはぜんぜん思わなかったんですけどね。家ではもう料理の手伝いをはじめてて、自分に合ってるなとも感じていて。まあ、また変わるかもしれないですけど」

「いいじゃない！」わたしは応援する。「いろいろやって、いろんなことに興味を持って、バスケ選手を目指すもよし、料理人を目指すもよし、ほかのなにかを目指すもよし」

「料理人のバスケ選手になったらええやん」

亜香音が言い、わたしは「それな」と相づちを打つ。食卓が笑いに包まれる。

いつか三千香は「絆」を否定した。

あのときは自分のやっていることを否定された気がしたから、腹が立ったし、悲しくもなった。でも正直、映像マンだったころのわたしはその気持ちがわかる人間だったのだ。絆を連呼するコンテンツに対し、ただの金儲けじゃないか、と毒づいていた。

でも、彼女が否定したのは、世の中で都合よく量産される「絆」、都合よく消費される「絆」だったのだと思う。マスメディアだけの責任でもないのだけれど、おかげで「絆」はずいぶん胡散臭《うさんくさ》く、薄っぺらいものだと、マイナスの印象も持たれがちになった。

子育てやしつけを学ぶ過程で、ひとつ気づいたことがある。

子育てやしつけはどうあるべきかを研究することは、人間とはなにか、人間とはどんな生き物か、根本を問いかける作業でもあることだ。

人間は社会性の生き物で、他者と協調しながら生きる道を選んだ希有《けう》な生き物だ。豊かな表情、複雑な言語、視線がわかる白目と黒目、赤面などはヒトだけが持つ特徴で、他者に感情や興味や思考の一端をわざと読み取られるようにしている。野生では弱点としかならない特徴をわざわざ獲得したのだ。ヒトは他者との協調と交流に全振りした進化を選び、そして、地球の覇者となった。

だから、人は人と繋がろうとする。絆を持とうとする。そのかたちはさまざまながら、生まれたときから死ぬまで涸《か》れることのない本能と言ってもいい。

親子、親類、夫婦、きょうだい、友人知人、仕事仲間、ご近所、いろんな繋がりがある。でも昔ながらの繋がりは、この数十年でどんどん変わってきている。失われてきている、と言ってもいい。

結婚する人、子どもを産む人は確実に減っている。ひとりっ子も増えているし、親類やご近所との交流も減ってきている。

けれど昔に戻すのがいいとは思えないし、それが多くの人の幸せに繋がるとも思えない。今後も多様な生き方は認められるべきだろう。国や、昔を美化する人たちに生き方を強制されたくはない。

ところが生き方は多様化しているのに、繋がりの多くは旧来のありようを頑《かたく》なに守ろうとしている。現代の歪みの多くはそこに原因があると思える。

だから繋がりも、前例や常識に囚《とら》われず、もっと多様化すればいい。親子じゃない繋がり、夫婦じゃない繋がり、友人じゃない繋がり、ご近所じゃない繋がり——。

『かすがい食堂』もそのひとつであればいい。

ほかの子ども食堂を真似る必要はないし、自分が信じるやり方、自分がやりやすいやり方でいいのだと、そんなふうに思えるようになった。

たっぷり語っていたため食事が遅れていた璃久が、最後に箸を置いた。

全員で手を合わせる。

「ごちそうさまでした！」

解説

深沢　潮

西日が長い影をかたちづくる夕方、硬貨を握りしめて入った駄菓子屋。麩菓子《ふがし》とオレンジ味のガムが好きだった。そこには、単に菓子が置いてあるだけではない。家に帰る前の、ちょっとほっこりできる場所があり、宿題やなにやらやらねばならないことを先送りできる時間がある。

『かすがい食堂』を読み始めると、記憶の奥底に眠っていた光景がよみがえる。さらにページをめくると、思い出がいつしか物語の世界とシンクロしていく。いらっしゃい、と声掛けをしたあと、ひたすらノートパソコンの画面を見つめながら、ぶつぶつとつぶやいているおばちゃんは、まぎれもなく春日井楓子《かすがいふうこ》だ。つかず離れずの客への態度が「駄菓子屋かすがい」の居心地よい雰囲気を作り出している。

とっくに買う菓子は決まっているのに、支払いをしてしまったら、店を出なくてはならない。だから、もう一度狭い店内をぐるりとまわる。うまい棒のコーンポタージュ味は売り切れているようだ。あの麦チョコは新商品だろうか。

家に帰りたくないし、塾にも行きたくない。ひとりで食べるごはんも嫌だ。ここにずっといられればいいのに。だけど、きっともうすぐ閉店だ。

ノートパソコンから顔をあげた春日井楓子が、よいしょっ、と声を出して立ち上がり、奥にいる楓子の祖母に話しかけている。がらっと音をたてて引き戸を開けて入ってきたのは翔琉《かける》だ。淡々とした表情で、横を通りすぎていく。

ああ、もう店じまいか。これから買い物に行き、料理をするのか。メニューはなんだろう。誰が参加するのか。かわいいティエンや、いけてる亜香音《あかね》に会ってみたい。みんなでわいわいと食卓を囲むなんて、羨《うらや》ましいな。

小さくため息を吐《つ》いて、梅ジャム付きのせんべいとブタメンのカップ麺を手にして、楓子のところに持って行く。そして、握りしめて熱を持ち、こころもち湿った五百円玉を差し出した。口角をあげて硬貨を受け取った楓子はレジを打ち終えると、こちらをまっすぐに見つめてきた。その瞳は限りなくやさしい。

「ねえ、よかったら、ここでいっしょにご飯を食べない?」

かすがい食堂は、いわゆる「子ども食堂」だ。けれども、子どもと一緒に買い物をして料理をつくるところが、ひとびとが想像する子ども食堂とは異なる。規模も小さく、NPOでもなんでもない。あくまで個人が自分の裁量で行っている。その提供の仕方に押しつけがましさは感じられない。一緒につくることで、子どもたちが「施される」という印象を持ちにくい。この絶妙な塩梅《あんばい》がこの小説の醍醐味《だいごみ》ではないかと思う。

善きことを行うと、人はつい走りすぎてしまう。正義の暴走や過度な干渉は、相手にとって暴力になることさえある。もちろん、楓子もその祖母も、頼まれてもいないのに子どもたちに食事を提供していて、その行為は客観的にはおせっかいにほかならない。だが、このちょっとしたおせっかいは、無理のない範囲であることが肝だ。頑張りすぎると続かないことをふたりはよく知っている。ちょっと力を抜いたぐらいがちょうどいいのだとわかっている。そしてその緩いおせっかいが、貧困、ひとり親、差別、摂食障害、家庭内のトラブル、虐待、モラハラなどのさまざまな問題に直面している子どもたちをつかの間、目の前の辛い現実から解放してくれる。

もちろん、子ども食堂のようなシステムは、本来ならば個々人の善意に頼る、つまり民間が担うべきことではなく、国、つまり行政がきちんと制度として整えるべきものだ。諸々《もろもろ》の問題も、政治や法律で解決しなければならない。しかし、いまこの瞬間、目の前で困ったり苦しんだりしている子どもに、微力であっても手を差し伸べることは、人として、おとなとして、当然のことではないだろうか。できる人ができる範囲で助けることは、とても自然なことのはずだ。

私たちは、風邪をひいて発熱をしたり、咳《せき》が出たりしたら、まずは症状を抑える対症療法をうけ、治ったら、こんどは風邪をひかないように、基礎体力を持つようにからだをきたえ、免疫を高める、といった根本治療をするだろう。とすると、かすがい食堂は、いわば子どもへの福祉、もっと具体的にはセーフティネットの対症療法で、根本治療が国の制度や法律に当てはまる。つまり、両方が必要で、緊急に必要なのは対症療法なのは疑問を挟む余地がない。とりあえずの逃げ場所があることは、どんなにかいまそこにある苦しさを軽減するだろうか。

伽古屋圭市さんが一貫して描いたのは、「場」を提供する大切さではないかと思う。「場」とは、現実的に場所という意味の場であり、ひとと触れ合う機会としての場であり、料理をしたり、それを食したりする時間としての場でもある。この国に暮らす子どもたちには、「場」が圧倒的に足りない、あるいはあっても機能していない。学校は居心地が悪く、友達関係も難しい。家庭は一筋縄ではいかない。安心していられる場所もなければ常に時間に追われてもいる。そんな子どもたちに、かすがい食堂は、あたたかな食べ物と、ささやかなふれあいの時間をくれる。食事をともに作って食べるだけの関係は、疑似家族ほど強く結びついているわけではないが、互いを思いやるという、他人の立場になって考えるという、「場」になり、小さな互助組織になりうる。おそらく、こうした「場」は、かつてはもっとあったのだろう。思い返せば小学校低学年のころ、病気の姉が入院し、同級生の家で幾度も食事をしたことがあった。そのとき、なんだかとても気楽だったということを覚えている。おそらく、姉にかかりっきりでしかも厳しい両親のもとにいた私にとって、そこはリラックスできる、ひととき辛い現実から逃げることのできる「場」だったのだと思う。いまは、子どもの友達だとしても、他人の子どもを預かるような余裕のある人は少ないだろう。それぞれが自分や自分の家族が生きるだけで精一杯だ。

今作で三冊になる「かすがい食堂」シリーズを通じて、伽古屋さんの食べ物の描写は、温度がひしひしと伝わり、匂いが漂ってくる。何度、文字を追うのを止めて、唾を呑《の》み込んだだろうか。今日はあれを作ろう、いや、いっそデリバリーサービスでいますぐ注文したい、と思った。要するに、この本を空腹の際に読むのは危険行為である。

そもそも、かすがい食堂のメニューは、それほど難しいものではないが、今作において秀逸だったのは、冷凍フェスのくだりだ。とかく世間では手作り信仰が厚いが、実は冷凍食品も充分に美味《おい》しいことが章をさいて描かれる。冷凍食品を使いこなすことで、家族のケアをになう子どもやシングルマザーが少しでも楽になれるようにとの気遣いがそこにはある。ああ、この小説がもう少し早く出ていれば、私の気持ちももっと軽くなったのに。ワンオペ育児で作った弁当に生協の冷凍食品を入れたことの罪悪感につねに苛《さいな》まれていた。「あら、冷凍の総菜を入れるなんて」とママ友に嫌味を言われても堂々とできたのに！

また、ハンバーグにおいてつなぎが必要であるかどうかの実験も行われる。結論として、つなぎはそれほど重要ではなかった。そのことは、人間関係におけるつなぎである「絆《きずな》」を強く持つべきと大仰に叫ばれることへの抵抗を示している。「絆」を強調されると、それを持てない人は疎外感を持たざるを得ない。つよい絆はなくとも、かすがい食堂のようなゆるやかなつながりだって、だれかの心のお休みどころにはなる。踏み込み過ぎない関係は、息継ぎの場所になりうる。

このシリーズの根底には、人をむやみに、独善的に判断しないという伽古屋さんのまなざしがある。ゆえに説教くさくならない。子どもと並んで料理をするように、目線が低い。たとえ困っているひとであれ、社会的に弱い存在である子どもであれ、上から目線で「かわいそう」と断じ、哀れんで助けることは、相手の尊厳を傷つけることがある。本作のなかでも、ヤングケアラーの三千香《みちか》が、かすがい食堂で食べないかという楓子の申し出をかたくなに拒むエピソードが出てくるが、楓子は無理強いをしない。相手をひとりの人間として尊重するという態度がぶれることはない。

一緒に同じことをすると子どもは心を開くと私は子育てを通じて知った。考えてみれば、楓子はかならず、子どもたちとともになにかをする。買い物にみんなで出かけ、野菜を切り、味付けをする。こうして役割を分担することも大事だ。任される、ということが、子どもにとっての自信につながり、成長を助ける。そして、楓子も学び続け、成長する。出しゃばりすぎては反省し、右往左往しながら、ときに苦く、ときに豊かな瞬間を刻んでいる。

春日井楓子はこれからも子どもたちとともに、料理をし、食べ、おせっかいをし続けるだろう。読者はきっとまだまだあまたの物語を目にする。そして子どもたちがほんの少し救われる時間を持ち、前向きに生きられるようになるのを見守ることになる。

かすがい食堂の物語に触れたひとびとが、一歩踏み出して、だれかの助けになるような行いができたらいい。対症療法に加えて根本治療をしなければならない、子ども食堂を必要とするような子どもたちを救う制度をきちんと持たなければならないと考えられたらなおいい。そうなれば、この国は子どもたちにとってもっと暮らしやすくなるし、世の中は良い方へ変わっていけるのではないだろうか。

（ふかざわ・うしお／作家）

《主要参考文献》

『子どもの脳を伸ばす「しつけ」』ダニエル・J・シーゲル、ティナ・ペイン・ブライソン／著　桐谷知未／訳（大和書房）
『しつけと体罰　子どもの内なる力を育てる道すじ』森田ゆり／著（童話館出版）
『男のハンバーグ道』土屋敦／著（日本経済新聞出版）
『Humankind 希望の歴史（上・下）』ルトガー・ブレグマン／著　野中香方子／訳（文藝春秋）

《初出》
第一話　「ＳＴＯＲＹ ＢＯＸ」二〇二二年十月号
第二話〜第四話　書き下ろし

本作品はフィクションです。
登場する人物・団体などはすべて架空のものです。

本文イラスト／ながしまひろみ

デザイン／岡本歌織（next door design）

冥土ごはん
洋食店　幽明軒

伽古屋圭市

東京下町・人形町の「幽明軒」には、閉店後に死者が訪れ、ライスオムレツ、ナポリタン、マカロニグラタン……思いのこした一皿を注文する。成仏できない死者に寄り添う洋食店で起きた五皿の奇跡を描く、最後の晩餐ミステリー。

小学館文庫
好評既刊

かすがい食堂

伽古屋圭市

憧れの映像業界を離れた春日井楓子は、祖母から駄菓子屋「かすがい」を引き継いだ。ネグレクトが原因でまともな食事をとれない少年に出会い、事情を抱える子どもたち限定の食堂を閉店後に始めるが……。好評シリーズ第一弾！

かすがい食堂
あしたの色
伽古屋圭市

春日井楓子は、祖母から引き継いだ駄菓子屋「かすがい」で、週に二回開く子ども食堂を始めた。貧困やネグレクトなど、事情のある子どもたち限定の食堂に、髪を染めた家出少女、黒い肌の少年が訪れる。社会の「今」を映すシリーズ第二弾。

―――本書のプロフィール―――

本書は、小学館文庫のためのオリジナル作品です。

小学館文庫

かすがい食堂《しょくどう》
夢《ゆめ》のゆくさき

著者　伽古屋圭市《かこやけいいち》

二〇二三年四月十一日　初版第一刷発行

発行人　石川和男
発行所　株式会社 小学館
〒一〇一-八〇〇一
東京都千代田区一ツ橋二-三-一
電話　編集〇三-三二三〇-五九五九
　　　販売〇三-五二八一-三五五五
印刷所――――図書印刷株式会社

この文庫の詳しい内容はインターネットで24時間ご覧になれます。
小学館公式ホームページ　https://www.shogakukan.co.jp

ISBN978-4-09-407247-1